AF498329

LE MAITRE A TOUS,

COMÉDIE EN DEUX ACTES, MÊLÉE DE CHANT,

DE MM. ANTONY BÉRAUD ET CH. POTIER.

AIRS NOUVEAUX DE M. ADOLPHE.

Représentée pour la première fois, sur le théâtre des Folies-Dramatiques, le 7 janvier 1840.

DISTRIBUTION :

LE COLONEL......................	M. Ch. Potier.	Mme DE VERNON, sœur du colonel...........................	Mme Chalbos.
LE MAJOR......................	M. Dumoulin.	JENNY, sa fille..................	Mme Géranville.
ÉMILE, sous-lieutenant........	M. Anatole.	CLORINDE, nièce de Mme de Vernon......................	Mme Hortense-J.
BRICK-BRICK, domestique du major.......................	M. Blum.		
L'ENFLAMMÉ, cuisinier du colonel......................	M. Octave.	MARGUERITE, au service de ces dames.........................	Mme Angéline.
UN BRIGADIER..................	M. Ferdinand.	OFFICIERS, SOLDATS.	

La scène se passe dans l'un des forts situés sur la frontière de France et de Savoie.

ACTE I.

Le théâtre représente une salle de l'appartement du colonel. Une porte au fond. Portes latérales.

SCÈNE I.

LE MAJOR, ÉMILE, OFFICIERS, autour d'une table. BRICK-BRICK.

CHOEUR.

Air de Fra Diavolo.

En bons militaires,
Amis, buvons tous à pleins verres!
C'est un bel état
Que celui de soldat.
Toujours rire et boire,
Rêver à la gloire,
C'est, au régiment,
Le seul agrément.

LE MAJOR.

Allons donc, Brick-Brick ! notre punch, animal !

BRICK-BRICK, en apportant le punch.

Mon punch animal, mon Major? Je puis dire qu'il est cordial, pectoral... et pas du tout ce que vous dites.

LE MAJOR.

Arrive, et tais-toi.

(Brick-Brick vient de se brûler en buvant à même la cuillère.)

LE MAJOR.

Eh bien! qu'est-ce que tu fais donc là, drôle?..

BRICK-BRICK, en faisant une grimace de douleur.

Rien, mon major... c'est que j'achevais de le brûler.

LE MAJOR.

De te brûler, veux-tu dire, impertinent! Arrive donc! Allons, messieurs, un toast... (Élevant son verre.) A la France !

TOUS.

A la France !

BRICK-BRICK.

Oh ! à la France !.. Et rien à boire... O mon pays !..

LE MAJOR.

Prends ce verre... (Après avoir rempli le verre de Brick-Brick, remplissant de nouveau le sien.) A mon vieil et digne ami, à notre brave colonel !

TOUS.

Au Colonel !

BRICK-BRICK, tendant son verre.

Je n'avais plus soif... mais, pour mon colonel, j'avalerais le bol.

ÉMILE.

A mon tour maintenant... Une santé que tout cœur français doit comprendre.

LE MAJOR.

A la gloire ?

ÉMILE.

Aux dames !

BRICK-BRICK, tendant son verre.

Ce sexe énivrant a droit à nos...

LE MAJOR, donnant un coup de la cuillère à punch
sur les doigts de Brick-Brick.

Non, pas de femmes entre nous; pas même leur souvenir. Les femmes! les femmes! J'avais un ami... un frère d'armes... il se maria; je déplus à madame; elle nous brouilla à mort, et, depuis ce temps-là, je n'ai plus voulu entendre parler de ce sexe maudit. Une autre fois, une femme encore m'occasionna un duel avec un brave... Plus tard, une coquette me trompa pour mon propre compte... Aussi, je le répète : Jamais de femmes parmi nous! j'aime mieux un déjeuner comme celui que nous venons de faire chez notre colonel. On peut fumer sa pipe sans entendre un petit fausset crier: « Eh bien! est-ce que l'appartement du colonel est devenu une tabagie? » On peut étendre ses jambes sous la table, et ses bras autour de soi.

ÉMILE.

Ces immenses avantages sont bien quelque chose, sans doute; mais que sont-ils, cependant, comparés aux ravissantes douceurs que l'on goûte, entouré d'un cercle de belles? Leur faiblesse même est un attrait de plus; car le plus beau droit de l'homme est celui de la protéger.

Si la beauté, pour armes,
Ne reçoit, en naissant,
Que ses graces, ses charmes,
Son esprit séduisant,
Toujours et sans attendre,
Nous lui devons offrir
Un bras pour la défendre,
Un cœur pour la chérir.

LE MAJOR, riant.

Ah! ah! ah! je gage que notre sentimental lieutenant est amoureux?

ÉMILE.

Sans cela, peut-on vivre?

LE MAJOR.

Il me semble cependant que je vis assez bien, moi, et que l'absence, et la constance, et l'abstinence ou l'indifférence, ne me font pas trop maigrir. Ah ça! mais, mon pauvre Émile, tu dois alors te trouver bien à plaindre dans cette forteresse isolée qu'entourent seulement quelques hameaux, où les uniques sylphides qui puissent attirer tes regards sont quelques vachères ou des gardeuses de dindons.

BRICK-BRICK.

J'en ai cependant vu une hier, mon Major... qui était horrible; mais il est vrai de dire que sa tournure rappelait exactement celle de l'aimable troupeau qu'elle gardait.

LE MAJOR.

Ah! ah! ah! que veux-tu, Brick-Brick! Faute de mieux... qu'en dis-tu, Lieutenant?

ÉMILE.

Je dis, Major, que vous nous accuseriez à tort d'injustes plaintes; car, avec des chefs tels que les nôtres, notre sort est encore digne d'envie... Jamais garnison ne fut aussi unie que la nôtre : nous nous connaissons tous pour des braves, et nous nous aimons comme des frères.

LE MAJOR.

Bravo! mon garçon, tu parles d'or... mais à qui devons-nous notre bonheur? à notre colonel d'abord, et ensuite, crois-moi, à l'absence de tout cotillon.

Oui, grace à notre colonel,
Chez nous pas la moindre querelle,
Et pas le moindre petit duel :
C'est une union fraternelle.
Ah! puissions-nous, de ce séjour,
Éloigner un sexe frivole!
Car, parmi nous, s'il vient un jour,
L'amitié n'a plus la parole.

En attendant, touche-là, mon cher Émile; tu as parlé en brave camarade : et il y a d'autant plus de mérite à lui, messieurs, qu'il est amoureux... il vient de nous l'avouer. (A Émile.) Et ton vieil ami peut-il te demander le nom de ton aimable vainqueur, celui de sa famille?..

ÉMILE.

Il le peut... mais il me permettra de ne pas le lui dire.

LE MAJOR.

Peste! quelle discrétion!

ÉMILE.

Forcée, car je les ignore moi-même.

LE MAJOR.

Ah diable! ça promet. A l'aide du chapitre des conjectures, on peut en faire une princesse, ou la fille du receveur des contributions indirectes. Voyons, voyons, pendant que nous sommes en train de rire, raconte-nous donc le premier chapitre de ton histoire amoureuse.

(Tous se lèvent de table. Brick-Brick ôte le bol de
punch, et l'achève en l'emportant.)

ÉMILE.

Il est des plus communs, sauf le mystère qui entoure encore ma belle inconnue. C'est dans un bal, chez le général d'Ermoncourt, que je la vis pour la première... hélas!.. et pour la dernière fois peut-être. J'obtins la faveur de danser plusieurs fois avec elle.

LE MAJOR.

Et, chaque fois, tu déployas avec plus d'ardeur ton éloquence amoureuse?

ÉMILE.

Pas trop... Quoique militaire, je suis fort timide avec les femmes; et puis, au milieu de tout ce monde... Cependant, à neuf heures, mes regards avaient commencé avec ses yeux charmans un dialogue assez vif, qui, à quatre heures du matin, se termina par ces mots, qui ne parurent pas trop l'offenser : « Quelques instans ont décidé de mon sort... je vous aime, et n'aimerai jamais que vous. »

LE MAJOR.

Bon, bon! après, l'homme timide?

ÉMILE.

Hélas! la fin du bal arriva. Je la vis partir avec sa mère ou sa tante; je ne pouvais me permettre de la suivre. Resté seul avec le général, je me hâtai de prendre des informations.

LE MAJOR.

Ah! ah! ah! tu t'adressais bien! jamais, de sa vie, le digne homme n'a pu retenir un nom. C'est lui qui vous donne un ordre conçu en ces

termes clairs et précis: « Dites-donc, monsieur
chose... vous irez... à chose, à ce gros bourg,
là-bas... le nom n'y fait rien... et vous direz au
colonel... vous savez bien... au colonel... chose,
le nom n'y fait rien... de jeter trois bataillons
dans... chose... vous savez bien... et demain
l'ennemi recevra du pied dans le... chose... le
nom n'y fait rien. »   (Tous éclatent de rire.)

ÉMILE.

C'est l'unique renseignement que je pus obtenir de lui. Il m'apprit que mademoiselle chose...
fille de madame chose, était fort jolie, ce que
je savais mille fois mieux que lui, et je le quittai
désespéré; car si pour mon amour le nom n'y
faisait rien, il n'en était pas de même pour mon
bonheur... Et puis, mon congé de semestre a
expiré, je suis venu me renfermer ici avec mon
amour, qui ne finira qu'avec ma vie, et mes re-
grets que l'amitié seule peut adoucir.

LE MAJOR.

Bath! encore une quinzaine, et tu n'y pen-
seras plus.

ÉMILE.

Si vous l'aviez vue, Major, vous ne parleriez
pas ainsi.

LE MAJOR.

Moi? oh! par exemple! la gloire est, pour
parler votre langage, la seule divinité que je
veuille encenser, et... mais où diable est donc
allé le Colonel? il nous a plantés là, avant la fin
du déjeuner...

BRICK-BRICK.

Au moment où ce qu'il sortait d'auprès de
vous, mon Major, on lui a remis une lettre très
pressée...

LE MAJOR.

Il n'y a rien de plus pressé que de finir son
déjeuner! c'est une véritable désertion, et... Ah!
le voici...

SCÈNE II.

LES MÊMES, LE COLONEL.

LE COLONEL, entrant vivement.

Brick-Brick, retire la table sur-le-champ.

LE MAJOR.

Comment, retirer la table?

LE COLONEL.

Et tu diras à l'Enflammé, mon cuisinier, de
nous faire un dîner de premier ordre.

BRICK-BRICK.

Oui, mon Colonel!

LE MAJOR, d'un air satisfait.

Si c'est pour ça...

LE COLONEL.

J'ai une nouvelle assez singulière à vous
annoncer, Messieurs... elle t'étonnera, Major...
elle doit vous plaire, mon cher Émile.

LE MAJOR.

Quoi? quoi donc? quittons-nous ce port de
mer?

LE COLONEL.

Non pas! et jamais, nous ne l'aurions quitté
avec plus de regret... Oui, Messieurs, nous allons
avoir, pendant quelque temps, en garnison... des
dames.

TOUS.

Des dames!

LE MAJOR. Fausse sortie.

Des dames! je déserte avec armes et bagage.

LE COLONEL.

Non, mon cher Major; tu resteras et tu m'ai-
deras à faire dignement les honneurs de notre
pauvre citadelle. Je n'ai pas besoin, Messieurs,
de recommander à des officiers français, les
soins, le savoir-vivre, les égards auxquels Mme de
Vernon, ma sœur...

LE MAJOR, revenant.

Ah! si c'est ta sœur... une contemporaine!..

ÉMILE.

Vous pouvez être sûr de notre parfaite discrétion et de notre profond respect.

LE COLONEL.

Elle n'est pas seule...

LE MAJOR.

Ah!

LE COLONEL.

Elle amène avec elle sa fille, ma nièce, l'aimable Jenny...

LE MAJOR.

Bon!

ÉMILE.

Charmant!

LE COLONEL.

Et une petite cousine d'une vingtaine d'années... la vive et spirituelle Clorinde, la fille d'un
brave, mort au champ d'honneur. Celle-là raf-
fole de l'état militaire; en la formant, la nature
s'est trompée.

LE MAJOR.

De mieux en mieux!

ÉMILE.

Délicieux!

LE COLONEL.

Sans compter une jeune villageoise qui est à
leur service.

LE MAJOR.

Encore!

ÉMILE.

Ravissant!

(Tous les officiers félicitent le Colonel, à l'exception
du Major.)

BRICK-BRICK, à part.

Je tombe d'aplomb sur cette jeune villageoise,
moi! pourvu que ce gredin de l'Enflammé...

LE MAJOR, très gravement.

Colonel, permets-moi de ne pas partager la
joie générale; ça va déranger toutes mes habitudes, et à mon âge...

LE COLONEL.

Voyez le grand malheur!.. à ton âge... à ton
âge!.. parbleu! pour une ou deux années que
tu as de plus que moi...

LE MAJOR.

De moins, tu veux dire, Colonel.

LE COLONEL.

De moins, de plus!.. qu'est-ce que tout cela
fait?.. Allons, Brick-Brick, cours dire à l'Enflammé de tout mettre en ordre pour l'arrivée de
ces dames.

BRICK-BRICK.

Oui, mon Colonel.   (Il sort.)

LE COLONEL, aux officiers.

Messieurs, que tout prenne un air de fête!..

Une idée, Major; que la musique soit prête pour la réception de ces dames... notre plus brillante fanfare, au moment de leur arrivée.

LE MAJOR, d'un air bonhomme.

Et que penserais-tu, mon Colonel, de quelques coups de canon en leur honneur? il me semble que ça ne ferait pas mal.

LE COLONEL.

Oui, c'est cela, du bruit! beaucoup de bruit!

LE MAJOR.

Ça transporte, n'est-ce pas? ça étourdit?

LE COLONEL.

Parfait!..

LE MAJOR, à lui-même.

Oui, parfait!.. hum! j'enrage... (A Émile.) Tiens, vois Lieutenant, l'influence des femmes... en voici quatre qui nous arrivent, et déjà la tête du Colonel n'y est plus...

ÉMILE.

On la perdrait à moins !

LE COLONEL.

Allons, Messieurs, hâtez-vous, je vous prie.

ENSEMBLE.

Air du Brasseur.

LE COLONEL.

Amis, montrons-nous tous habiles,
Et prouvons, dans quelques instans,
Que ce n'est pas que dans les villes
Qu'on peut trouver des verds galans.

ÉMILE ET LES OFFICIERS.

Mes amis, montrons-nous dociles,
Et prouvons, dans quelques instans,
Que ce n'est pas que dans les villes
Qu'on trouve d'aimables galans.

LE MAJOR, à lui-même.

Le sexe sera bien habile
S'il me fait desserrer les dents ;
On a bien assez, dans les villes,
De vieux fats et de vieux galans.

(Le Major, Émile et les officiers sortent.)

SCÈNE III.

LE COLONEL, seul, parcourant une lettre.

Je ris devant eux, j'ai l'air d'être ravi, transporté... mais le fait est que je ne sais où j'en suis... cette lettre me bouleverse. Ma sœur revient sur ce projet qu'elle m'avait déjà proposé, et que je n'avais ni accepté, ni repoussé. Elle veut... et la volonté de Mme de Vernon est tout-à-fait napoléonienne, elle veut que j'épouse... qui? sa fille, ma nièce, une enfant que j'ai vue naître... ce sera, dit-elle, faire son bonheur; son bonheur, à elle, Mme de Vernon, fort bien; mais le mien, et celui de Jenny?.. C'est là une autre question. Pour me forcer dans mes derniers retranchemens, que fait mon entêtée de sœur?.. elle obtient cette lettre du ministre : « Le roi, me dit son excellence, verra avec plaisir un mariage qui assurera le sort de la fille unique du brave général de Vernon. » Et puis, voilà ma sœur qui part de Paris et m'amène ici, elle-même, ma fu-

ture. Oh! les femmes! les femmes! mais que faire? refuser est maintenant bien difficile, d'autant plus que, je rougis de l'avouer, mes propres désirs plaident en faveur de cette folie. J'avais bien pensé, dans le temps, à donner Jenny à Émile... ce bon Émile, que j'aime comme mon enfant... mais il est bien jeune, et puis, il a une passion dans le cœur... Il n'y faut donc plus songer... D'ailleurs, moi, je ne suis pas encore tout-à-fait au rancart. Ma sœur m'assure que Jenny aime beaucoup les militaires. Elle devra donc m'aimer ; car si quelqu'un a droit à ce titre, c'est bien moi ; j'ai assez de services et de blessures... Et puis, ma fortune dont je ne sais que faire... Mais le Major! mon vieil ami, mon sévère Mentor!.. ses sarcasmes me font plus peur que tout le reste... il ne me pardonnera pas... nous devions finir nos jours ensemble, à la campagne!.. Eh bien! au fait, en quoi mon mariage s'opposerait-il à ce plan?.. au contraire... le Major me rendrait un grand service, en s'établissant tout-à-fait chez moi... Cher ami! je lui devrais peut-être le bonheur... Oui, en nous mettant tous deux, comme ça, au point de vue, ça serait pour moi un excellent repoussoir... Voilà, voilà de ces acquisitions que tous les maris devraient faire !

Air : Restez troupe jolie.

Je vaux mieux que lui de figure ;
Tous deux dans l'arrière saison,
Du moins, s'il sagit de tournure,
Je gagne à la comparaison.
Son ton soldat, sa voix hautaine
Me mettraient, moi, sous un beau jour ;
Car il obtiendrait tant de haine
Que j'obtiendrais un peu d'amour.

Au petit bonheur... c'est-à-dire au grand bonheur ! car si ma charmante nièce...

SCÈNE IV.

LE COLONEL, BRICK-BRICK.

BRICK-BRICK, accourant.

Mon Colonel ! mon Colonel!.. voilà l'avantgarde ! un joli détachement, ma fine, composé d'une fille de chambre et de beaucoup de cartons...

LE COLONEL.

Eh bien ! cette femme de chambre...

BRICK-BRICK.

Fille... femme... moi, je la crois fille... J'ai entendu l'avant-garde avant de la voir, car on jasait beaucoup dans les rangs.

LE COLONEL.

Enfin, maudit bavard !...

BRICK-BRICK.

Figurez-vous, mon Colonel, que l'Enflammé était à ses fourneaux... Si ça ne fait pas suer!.. Voilà...

LE COLONEL.

Eh bien ! quoi? l'Enflammé...

BRICK-BRICK.

Il a tout quitté pour venir faire le galant... N'est-ce pas être bien bête, mon Colonel, quand

on est d'une ancienneté respectable, de vouloir
roucouler auprès d'un sesque aimable...

LE COLONEL.

Assez!.. je vais au-devant de ces dames; et
vous, maître Brick-Brick, un peu plus de tenue
et beaucoup moins de bavardage.   (Il sort.)

SCÈNE V.

BRICK-BRICK.

De la tenue, mon colonel?.. on en aura.
Tâchez aussi d'en avoir, vous, vieux farceur...
vous en avez de besoin... tandis que moi, avec
cette frimouse et cette physique...Je l' sais ben,
je n' suis point d' ces bels hommes devant qui
qu'on s'arrête, mais j'ai du comme y faut, et un
œil... la vraie vrille d'amour, quoi!.. Et ce l'Enflammé! ah! lutter contre moi avec une coloquinte
comme la sienne, et cinquante ans par-dessus le
marché... ah! téméraire!

SCÈNE VI.

BRICK-BRICK, MARGUERITE, L'ENFLAMMÉ.

(Marguerite entre poursuivie par l'Enflammé; elle porte plusieurs cartons qu'elle laisse tomber en fuyant.)

MARGUERITE.

Air : Je le tiens.

Laissez-moi,
Monsieur, j' vous en prie !

L'ENFLAMMÉ.

Non ma foi !
T'es par trop jolie.
Voi
Comm' j' brûle pour toi !
Tiens m'entends-tu soupirer ?
Écoute, j' t'en supplie...

BRICK-BRICK.

L'Enflammé devrait s' faire assurer
Contre l'incendie.

ENSEMBLE.

Viens près d' moi,
Toi, qu'es si jolie!
Viens près d' moi,
Je veux te donner ma foi

MARGUERITE, à l'Enflammé.

Laissez-moi,
Monsieur, j' vous en prie !
Non ma foi ,
Vous n'obtiendrez
Rien de moi !

Mais a-t-on une idée de ça! voulez-vous bien
me laisser tranquille ! sauvage, qui me saboule
mes capottes et mes dentelles !

L'ENFLAMMÉ.

Saprelotte, est-elle gentille !

BRICK-BRICK.

Oh! là, oh! l'ancien, bride en main.

MARGUERITE, à part.

Tiens, v'là le petit maigre de tout à l'heure.

L'ENFLAMMÉ, fronçant le sourcil à Brick-Brick.

Allons, arrière et plus vite que ça !

BRICK-BRICK.

Fi! fi! mon fils, tu devrais t'être honteux.

L'ENFLAMMÉ.

Honteux ?

MARGUERITE.

Oui, un homme en cheveux gris-rouges et en
veste de toile grise sale !

BRICK-BRICK.

A cinquante ans, courir après les jeunesses...

L'ENFLAMMÉ.

Dame! puisqu'elles n' courent plus après moi !

BRICK-BRICK.

Mais, écoutez-moi bien plutôt, vous, Mam'-
zelle... chose... comment qu' tu t'appelles, s'il
vous plaît ?..

L'ENFLAMMÉ.

Elle doit se nommer tomate, car ses joues sont
deux pommes d'amour...

MARGUERITE.

Non, mes officiers, je me nomme Marguerite.

L'ENFLAMMÉ.

Oh ! joli !..

(Il veut prendre la taille de Marguerite; elle le repousse.)

BRICK-BRICK.

Quoi? tu serais cette simple fleur des champs
qu'on déchiquete à celle fin de savoir si on est
aimé?.. Oh ! laissez-moi t'effeuiller pour voir si
je puis y établir dans ton cœur mon quartier général et particulier.

L'ENFLAMMÉ.

C'est z'à moi !

MARGUERITE.

Voulez-vous bien me lâcher que je crie à la
garde!

L'ENFLAMMÉ.

Ça m'est égal.

(Ils lui prennent les mains, et lui tirent les doigts les
uns après les autres.)

ENSEMBLE.

Air nouveau de M. Adolphe.

BRICK-BRICK , L'ENFLAMMÉ.

Elle m'aime...
Un peu... beaucoup

MARGUERITE , à part.

Ils sont bien laids, tout d' même !

BRICK-BRICK , L'ENFLAMMÉ.

Elle m'aime...
Un peu... beaucoup...
Passionnément...

MARGUERITE.

Pas du tout.

BRICK-BRICK , L'ENFLAMMÉ.

Non, ça n'est pas possible.

BRICK-BRICK.

Tu dois être sensible
A mon petit air doux.

L'ENFLAMMÉ.

A mes beaux cheveux roux.

BRICK-BRICK.

J'ai la taille bien prise.

L'ENFLAMMÉ.

Comm' ma moustache frise !
Mon nez fait mon orgueil.

BRICK-BRICK.

Je suis doué d'un bel œil.

REPRISE.

Elle m'aime, etc. , etc.

L'ENFLAMMÉ et BRICK-BRICK.

Il faut que je t'embrasse...

(Brick-Brick et l'Enflammé ouvrent les bras pour embrasser Marguerite : celle-ci recule, et tous deux tombent dans les bras l'un de l'autre en s'appliquant un bruyant baiser. Marguerite rit aux éclats.)

BRICK-BRICK, se frottant la joue.

Sacresti! qué t'as d'aiguilles!

L'ENFLAMMÉ, se frottant l'œil.

Il m'a flanqué sa moustache dans l'œil !

MARGUERITE.

Ça vous apprendra !

BRICK-BRICK, en colère, à l'Enflammé.

Ah! ça, vieux serin, tu vas te tenir paisible!

L'ENFLAMMÉ, idem.

Je te dis, conscrit, qu'en ma qualité de cuisinier, de valet de chambre du colonel...

BRICK-BRICK.

Tais-toi donc, méchant gâte-sauce.

L'ENFLAMMÉ.

Gâte-saute? moi!.. attends, attends...

MARGUERITE.

Eh ben ! vont-ils pas s' battre?... au secours!   (On entend une musique militaire.)

BRICK-BRICK, courant au fond.

Voilà ces dames!

MARGUERITE.

Sainte Vierge ! et mes cartons !

BRICK-BRICK.

Vite et vite dans leur chambre.

(Brick-Brick, Marguerite et l'Enflammé portent les cartons dans la chambre à gauche et disparaissent un moment. — Ils rentrent vers le milieu de la scène suivante.)

SCÈNE VII.

LE COLONEL, LE MAJOR, ÉMILE, OFFICIERS, BRICK-BRICK, L'ENFLAMMÉ, SOLDATS, TAMBOURS, TROMPETTES. — Mme DE VERNON, JENNY, CLORINDE, MARGUERITE.

(Émile entre vivement le premier.)

ÉMILE.

O mon Dieu! ce n'est pas une illusion!.. c'est elle! c'est mon inconnue!..

(Entrent le colonel, le major, les officiers qui, ainsi qu'Émile, se rangent en haie ; entrée de Mme de Vernon, de Jenny et de Clorinde. — Émile et Jenny témoignent par leur pantomime qu'ils se sont reconnus.)

Mme VERNON, JENNY, CLORINDE, MARGUERITE.

Air des Jolis Soldats.

Merci, Messieurs les militaires,
De cette réception d'honneur.
De tels hommages volontaires
Nous touchent jusqu'au fond du cœur.

TOUS LES MILITAIRES.

Pour vous rendre un plus pur hommage.
Que ne pouvons nous d'avantage !
Mais vous savez qu'au régiment ,
Malgré lui le soldat galant
Doit tout faire tambour battant.
Et r'li et r'lan , etc.

LES DAMES.

C'est charmant, etc. , etc.

CLORINDE.

Quelle musique et noble et belle !
Pour moi j'entendrais volontiers ,
Dans cette vieille citadelle,
Un petit concert de mortiers.

LE MAJOR, aux officiers.

Vous entendez Mademoiselle ?
Allons, sus ! que par notre zèle
Son goût soit aussitôt servi ;
Et puisqu'elle aime tant le bruit,
Donnons-lui
Le charivari !

Allons, r'lan, etc.

Mme DE VERNON.

Messieurs, c'est excessivement joli : mais le crescendo nous paraît un peu trop soutenu...

CLORINDE.

Pardon, ma tante, mais j'ai trouvé ce crescendo ravissant; et, (Saluant le major.) j'ai mille graces à rendre à la complaisance de Monsieur.

LE MAJOR.

Vous raillez, Mademoiselle? mais, ma foi, j'ai toujours entendu dire que des manières bruyantes ne déplaisaient pas aux dames.

CLORINDE.

Je ne raille pas , M. le Major... quel bonheur d'entendre, dès la pointe du jour, le roulement de la Diane et le son de la trompette!..

Mme DE VERNON.

Notre Clorinde est une héroïne : mais, ma fille et moi, M. le major, nous ne lui ressemblons nullement sous ce rapport.

ÉMILE, dont les yeux ne quittent pas Jenny, à part.

Elle est encore embellie.

JENNY, à part.

C'est lui !

Mme DE VERNON.

Et je suis sûr que Jenny... (Elle se retourne vers sa fille qui , sous les regards d'Émile, peut à peine contenir son émotion.) Mais voyez, voyez! comme elle est émue !

JENNY, vivement.

Moi? non, maman... (A part.) Ah ! cachons bien le trouble qui m'agite.

LE COLONEL, s'empressant auprès de Jenny.

Qu'avez-vous, en effet, chère Jenny ? Restez à votre place, Émile...

JENNY, à part.

Émile!

LE COLONEL.

C'est l'effet du tapage infernal de ce diable de major...

LE MAJOR, à lui-même.

Bon! voilà que ça commence!

JENNY, cherchant à sourire.

Oui, peut-être... mais c'est passé, et je me sens tout-à-fait bien.

Mme DE VERNON.

Nous vous demanderons, alors, mon frère, ainsi qu'à ces Messieurs, la permission de nous retirer quelques instans.

LE COLONEL.

Votre appartement est prêt... n'est-ce pas, l'Enflammé?

L'ENFLAMMÉ, s'éloignant de Marguerite dont il voulait prendre la main.

Dans un instant, mon colonel.

LE COLONEL.

Comment drôle! à quoi t'amuses-tu donc? allons, va...

L'ENFLAMMÉ, jetant un regard jaloux sur Brick-Brick, qu'il laisse auprès de Marguerite.

Mon colonel, c'est que... j'ai besoin de Brick-Brick... pour me donner un coup de main...

LE MAJOR.

Bien... (A Brick-Brick.) Suis-le.

BRICK-BRICK, à part.

Ah! le vieux scélérat!..

(Tous deux sortent en se faisant des gestes menaçans. Pendant ces jeux de scène, le dialogue a toujours marché.)

LE COLONEL, aux officiers.

Messieurs, vous voudrez bien honorer de votre présence notre banquet de famille.

(Les officiers s'inclinent.)

Mme DE VERNON.

Ah! mon frère, vous avez voulu que je n'eusse aucun souhait à former.

LE COLONEL.

Je suis à vos ordres, ma sœur. Pendant qu'on termine chez vous quelques arrangemens, si vous vouliez faire avec moi le tour de mes petits états...

Mme DE VERNON.

Très volontiers. (Bas.) J'ai beaucoup à vous dire...

LE COLONEL.

Acceptez donc mon bras!

CLORINDE.

Je m'empare de l'autre.

LE COLONEL.

Eh! petit démon, vous n'avez pas changé!

CLORINDE.

J'en serais bien fâchée...

LE COLONEL.

Et nous, bien plus que vous.

Mme DE VERNON.

Viens-tu avec nous, ma Jenny?

JENNY.

Je suis un peu fatiguée, et si vous le permettez, maman...

Mme DE VERNON.

A ton aise, mon enfant...

ÉMILE, à part.

Elle sera seule!

LE COLONEL, à part.

Hem! ma nièce me fait un singulier accueil.

Mme DE VERNON.

Allons, colonel...

LE COLONEL.

Viens-tu, Major?

LE MAJOR, sans tourner la tête.

Moi? tout à l'heure.

ÉMILE, à part.

Il faut que je lui parle...

(Sortie du Colonel, du Major, d'Émile et des officiers, avec Mme de Vernon et Clorinde par le fond; Marguerite entre dans l'appartement à gauche.)

REPRISE DU CHOEUR.

SCÈNE VIII.

JENNY, seule.

Oh! qu'il me tardait d'être seule un instant!.. quelle surprise et quel trouble je viens d'éprouver! j'ai craint de ne pas être maîtresse de moi-même. (Appelant.) Marguerite!.. je veux qu'elle prenne des informations... car, c'est bien lui! oh! oui, c'est bien ce jeune officier qui m'avait paru si aimable et qui, le premier, me fit entendre ces mots si doux: « Je vous aime et n'aimerai jamais que vous... » Je n'espérais plus le revoir... mais j'y pense... serait-ce lui dont ma mère parlait pour ce mariage auquel elle veut que je consente, avant même de connaître mon futur!.. alors, je ne serais plus si triste, et... mais non, mon espoir n'est qu'un vain rêve... ce que maman a jugé à propos d'ajouter sur ce futur, ne se rapporte guère à Émile... Émile... le joli nom!.. et sa figure, et ses manières parlent bien vivement en sa faveur. Ah! si maman voulait! Émile, Jenny, cela va si bien ensemble!

AIR: Depuis long-temps j'aimais Adèle.

On nous dit toujours: jeunes filles,
De vos parens suivez les lois.
Ceux chez qui la prudence brille,
Font pour vous un bien meilleur choix.
Oh! moi, je serais bien docile,
Malgré mes vœux déjà formés:
Si mon époux était Émile,
Je le prendrais les yeux fermés.

Je voudrais le voir, lui parler!.. car, enfin, je ne serais pas fâchée de connaître un peu son caractère... si un heureux hasard... ou sa volonté l'amenait près de moi... Mais Marguerite ne m'a pas entendue.

(Émile paraît. Jenny appelle: Marguerite!..)

SCÈNE IX.

JENNY, ÉMILE.

ÉMILE.

Mademoiselle...

JENNY, se retournant effrayée, à part.

C'est lui!..

ÉMILE.

Un seul mot, un seul mot de grace!

JENNY, marchant d'abord vers la gauche, puis redescendant la scène.

Je ne puis... je cherchais maman... si j'avais cru vous rencontrer, Monsieur...

ÉMILE.

Jenny... car je le connais enfin, ce nom adoré! ma Jenny, que pouvez-vous craindre de moi?

JENNY.

Beaucoup, Monsieur; et d'abord ce langage qu'une plus longue connaissance autoriserait à peine... (A part.) Mais voyez donc! je le croyais bien plus timide!

ÉMILE.

Oh! Jenny, si vous saviez comme je vous aime!.. Depuis le jour où je vous vis pour la première fois jusqu'à ce moment, nulle autre que vous, j'en atteste l'honneur...

JENNY, souriant.

Ne jurez pas!.. si j'attachais quelque prix à votre fidélité, j'y croirais sans peine. Il est certain qu'ici j'aurais eu peu de rivales à redouter.

ÉMILE, en l'examinant.

Et c'est par une plaisanterie que vous répondez aux expressions de l'amour le plus tendre... Ah! Mademoiselle, je le vois, ma présomption reçoit son châtiment. Ma présence vous est importune...

JENNY, à part.

Mais, qu'est-ce qu'il dit donc là?

ÉMILE.

J'aime mieux, dussé-je en mourir, ne plus paraître devant vous, que de me voir traiter avec une si cruelle indifférence...

(Émile a remonté la scène; il feint de s'éloigner.)

JENNY, troublée et d'une voix émue.

Monsieur... (A part.) Mais il est beaucoup plus timide qu'on ne doit l'être!

ÉMILE.

Daignez-vous, Mademoiselle, me rappeler auprès de vous?

JENNY.

Mais, Monsieur... je...

ÉMILE, revenant vivement près d'elle.

O Jenny, je vous en conjure, laissons tous ces vains détours!.. Le ciel vous a rendu à mes vœux, et je ne me séparerai pas de vous, cette fois, avant d'avoir assuré mon bonheur.

JENNY.

Mais, Monsieur, je viens ici pour me marier.

ÉMILE.

Vous allez vous marier!.. mais ce mariage n'est pas fait encore... Et le nom, le nom de mon rival?

JENNY.

Je l'ignore; maman m'a seulement dit qu'un mot de mon oncle l'avait fait songer à mon établissement... que je serais bien contente de l'époux qu'elle m'avait choisi... qu'il m'aimait depuis long-temps... qu'il était...

ÉMILE.

Attendez... le Colonel a pour moi l'affection d'un père... Je lui avais parlé de mon amour; il m'a dit qu'il avait un parti à me proposer... c'est pour vous que je l'ai refusé, Jenny... et puis son air mystérieux en recevant la lettre de Mme de Vernon, ces mots de votre mère... Plus de doute! ma Jenny, c'est moi qui suis votre futur!

JENNY.

Vous, Monsieur!

ÉMILE.

Et qui serait-ce? l'un de nos officiers? absurdité! ils n'ont que leur paie. L'Adjudant-major? il est marié; le Chirurgien-major? il est veuf avec quatre enfans; le Gros-major? cela se pourrait, mais il est l'ennemi juré de votre sexe.

JENNY.

En effet, je ne vois pas...

ÉMILE.

C'est moi, c'est moi, vous dis-je, ma Jenny! Votre mère ne vous a-t-elle pas dit que votre futur époux était militaire?

JENNY.

Oui, et qu'il avait l'un des premiers grades...

ÉMILE.

Eh bien! je suis sous-lieutenant; c'est le premier grade, car il conduit à tous les autres. Et vous a-t-elle parlé de l'âge?

JENNY.

Oui... un âge raisonnable...

ÉMILE.

J'ai vingt-quatre ans! aujourd'hui c'est un âge que vingt-quatre ans; à quinze, on est homme; à vingt, homme fait. On est si pressé de vivre, à présent, qu'on ne se donne pas le temps de vieillir... Ainsi, plus de doute, ma Jenny! c'est moi qui vais être votre mari!

JENNY, à elle-même.

Mais, vraiment, il finirait par me le persuader.

ÉMILE.

Air : Le petit chapeau. (HENRI POTIER.)

J'en perdrai la raison!
Que mon âme est ravie!
Ma Jenny, pour la vie,
Vous porteriez mon nom!
D'un aveu qu'elle implore, accueillez ma tendresse,
Ah! répondez enfin ma charmante maîtresse.
De vous, hélas! dois-je craindre : non.
O ma belle Jenny, ne me dites pas : non.

JENNY.

Notre sexe, dit-on,
Agit toujours de ruse;
Mais aussi l'on accuse
L'homme de trahison.
Eh bien! pardonnez donc nos timides alarmes,
Car, hélas! contre vous ce sont nos seules armes.
Et c'est ainsi que par précaution,
En pensant oui! tout bas, tout haut nous disons : non!

ÉMILE.

Et cette pensée secrète dont je voulais obtenir l'aveu, je viens de l'entendre!.. ô ma Jenny, c'est à tes pieds...

JENNY.

Relevez-vous, Monsieur!.. en vérité, vos transports m'effraient... (A part.) et me rendent bien heureuse!

ÉMILE.

Il faut que mon colonel me présente à votre mère... Ce bon colonel, quel sincère affection pour moi! aussi, que je l'aime! Ah! c'est maintenant que je voudrais que nous eussions la guerre, mais là, une guerre bien chaude, bien terrible... J'aurais peut-être la chance de me faire tuer, en lui sauvant la vie.

JENNY.

Comment, Monsieur? vous faire tuer!..

ÉMILE.

Oh! non, non... je ne sais ce que je dis! C'est que, voyez-vous, je suis fou, fou de joie et de bonheur... et vous, ma Jenny?

JENNY.

Oh ! moi , ça ne va pas jusque-là... mais on vient.

ÉMILE.

J'aperçois là-bas Mme de Vernon et votre pétulante cousine, qui forme avec ma douce Jenny le plus singulier contraste... Je vous laisse avec elles... je cours auprès du Colonel.

JENNY.

Mais , prenez bien garde...

ÉMILE.

Soyez tranquille... sans lui livrer le secret de mon amour, je lui arracherai celui de mon bonheur. Adieu, ma Jenny ! dans un moment je serai auprès de votre mère !

(Il baise la main de Jenny et sort.)

SCÈNE X.

JENNY , seule, se laissant tomber sur un siége.

Où me suis-je laissée entraîner ?.. Et s'il me trompait ? si cet aveu, si cet appui du colonel n'étaient qu'une vaine supposition... que deviendrais-je alors ?.. Ah ! j'en frémis... mais pour parler ainsi qu'il l'a fait, il faut qu'il soit bien certain de notre bonheur... oui, oui , espérons. Je l'aime autant qu'il mérite d'être aimé , et puisque c'est ma mère elle-même... La voici... Veillons bien sur nous-même et voyons-la venir...

SCÈNE XI.

JENNY, Mme DE VERNON, CLORINDE.

Mme DE VERNON, à Clorinde d'un air joyeux

Enfin, il consent ! mais c'est ce major qui l'inquiète.

CLORINDE.

Le major !.. oh ! s'il n'y avait que cela qui pût s'opposer à un dessein que j'aurais formé...

Mme DE VERNON.

Oh ! oui, rien ne te résiste, à toi, n'est-ce pas, redoutable Clorinde ?.. (A elle-même.) Ah ! si l'on pouvait forcer cet ennemi du beau sexe à se marier aussi !

CLORINDE, apercevant Jenny, et allant à elle.

Ah ! cousine, que tu es heureuse !.. que j'envie ton bonheur.

JENNY.

Mon bonheur ! (A part.) Que dit-elle ?

Mme DE VERNON.

Embrasse-moi, ma fille... un peu de solitude et de repos t'a fait grand bien ; te voilà jolie comme un ange.

JENNY, à part.

Oh ! comme le cœur me bat.

Mme DE VERNON.

Eh bien, tu as vu ton mari ?

JENNY, avec joie.

Eh quoi ! c'est donc bien vrai, maman ?

Mme DE VERNON.

Oui, oui, mon enfant... et la joie que je lis sur ton visage me rend la plus heureuse des mères. J'espère qu'un tel époux te convient ; sa figure...

JENNY.

Ah ! oui maman, elle est des plus aimables.

Mme DE VERNON.

On dit que nous nous ressemblons.

JENNY.

Mais oui, maman, un peu... (A part.) Si ça lui fait plaisir.

Mme DE VERNON.

Sa fortune, son grade...

JENNY.

Oui, maman, le premier de tous les grades, celui qui mène à tout.

Mme DE VERNON.

Ainsi, malgré son âge..

JENNY.

Il se formera.

Mme DE VERNON.

C'est un peu tard ; mais on peut lui faire perdre quelques mauvaises habitudes de garçon... Ainsi donc, aucune objection ?

JENNY.

Ah ! maman, ne suffit-il pas qu'il soit choisi par vous ?

Mme DE VERNON.

Hum ! petite dissimulée, si mon choix n'avait pas été le tien...

CLORINDE.

Certes, cousine, pour ne pas t'empresser d'obéir à ma tante, il eût fallu que tu fusses bien difficile ! un militaire ! un brave ! c'est si beau l'uniforme !.. et moi, ma tante... ne songez-vous donc pas à me marier aussi ?

Mme DE VERNON.

Toi, Clorinde... oh ! nous avons le temps.

CLORINDE.

Comment, nous avons le temps !.. mais pas du tout !.. Oubliez-vous, ma tante, que je suis plus âgée que ma cousine.

Mme DE VERNON.

De quoi te plains-tu ?.. ne t'ai-je pas déjà proposé un parti ?

CLORINDE.

Et lequel donc ?

Mme DE VERNON.

M. Dorsan, ce jeune clerc d'avoué, si spirituel, si aimable !.. mon frère le connaît ; c'est un vrai cadeau.

CLORINDE.

Bien obligé, ma tante !.. si M. Dorsan était militaire, je ne dis pas.... mais un clerc d'avoué ! à moi ?

Mme DE VERNON.

Dorsan achètera une charge, et...

CLORINDE.

A la fille d'un vieux soldat, un homme de robe !

Mme DE VERNON, à sa fille.

Ainsi ma fille...

CLORINDE.

Mais, ma tante, en me promettant à M. Dorsan, mon père n'a pas prétendu...

Mme DE VERNON.

Ton père n'a pas prétendu que tu resterais fille... aussi, en arrivant à Paris... mais il ne s'agit pas de toi en ce moment. (A Jenny.) Combien je suis contente...

CLORINDE.

Un clerc d'avoué !.. je vous préviens que je le rendrai excessivement malheureux,

Mme DE VERNON.

Je n'en crois rien. (A Jenny.) Avec quel plaisir je vois, mon enfant...

CLORINDE.

Je bouleverserai son étude.

Mme DE VERNON.

Tais-toi. (A Jenny.) Je te disais, ma fille...

CLORINDE.

Je le détesterai, je le tourmenterai, je le torturerai... je noircirai tout son papier timbré de casques, d'épées et d'uniformes... tous ses actes seront autant de déclarations de guerre.

Mme DE VERNON.

Décidément elle est folle.

CLORINDE.

Et je ferai battre les clercs ensemble, je vous en avertis.

Mme DE VERNON.

Clorinde !

CLORINDE.

Mais vous-même, ma tante, n'avez-vous pas préféré les épaulettes de général, malgré cinquante ans et la goutte, à ce riche financier...

Mme DE VERNON.

Clorinde, je vous impose silence ! (Clorinde s'éloigne en boudant. Mme de Vernon à Jenny.) Vous êtes raisonnable, vous, Jenny ; je vais donc vous présenter officiellement à votre mari.

JENNY.

Nous nous sommes déjà parlé.

Mme DE VERNON.

Vraiment ! et sans attendre votre mère ?.. ah ! Jenny...

JENNY.

Pardon... son impatience était peut-être excusable...

Mme DE VERNON, à elle-même.

C'est donc pour cela qu'il m'a si brusquement quittée. (Haut.) Ces militaires sont d'une vivacité !..

CLORINDE.

Un tel époux ne te convient pas beaucoup, à toi, Jenny ; tu es si douce et si timide.

Mme DE VERNON.

Qu'est-ce que vous dites donc là, mademoiselle ?

CLORINDE.

Il te faut une vie conforme à ton caractère. Au lieu que moi, j'aime le bruit des armes, l'éclat de cette existence aventureuse. Cède-moi ton futur et je te donne mon clerc d'avoué.

JENNY.

Mais pas du tout !

Mme DE VERNON.

Ah ! c'est trop fort !

CLORINDE.

Un clerc d'avoué ! à moi !... Je plaiderai en séparation avant de me marier, ma tante ; soyez en bien certaine.

Mme DE VERNON.

Folle entêtée !.. (A part.) Mais quelle idée !.. mon frère, en se mariant, craint de perdre un ami.... si l'on pouvait... (Haut.) Ecoute, Clorinde, je veux bien consentir à ce que tu n'épouses pas M. Dorsan ; mais à une condition.

CLORINDE.

Parlez, parlez, ma tante, quelle est-elle ?

Mme DE VERNON.

Si tu parviens à remporter une victoire... bien difficile, je t'en préviens, si tu délivres mon frère d'un ennemi acharné...

CLORINDE.

En duel ? oh ! mon ardeur militaire ne va pas encore jusque-là.

Mme DE VERNON.

Je t'expliquerai ce dont il s'agit... Acceptes-tu le combat ?

CLORINDE.

Oui... sur la foi de ma tante.

Mme DE VERNON.

Eh bien ! si tu parviens à vaincre, je te laisse maîtresse de ta main, et tu deviens... qui sait ? peut-être un jour Mme la générale.

CLORINDE.

Je battrai l'ennemi. Pour me marier selon mon goût, pour devenir Mme la capitaine, Mme le gros-major, Mme la lieutenante, même... Oh ! vous ne savez pas ce dont je suis capable.

Mme DE VERNON.

Voilà donc qui est bien convenu.

CLORINDE.

Sur l'honneur, ma tante.

Mme DE VERNON.

Mais toi, ma Jenny, dis-moi donc comment ton futur t'a parlé ?

JENNY, les yeux baissés.

Maman, je puis vous l'avouer maintenant, mais il y a long-temps qu'il m'aime.

Mme DE VERNON.

D'amour ? (Jenny fait un signe affirmatif.) D'amour ! et il te l'a dit ?

JENNY.

Sans doute !

Mme DE VERNON.

Voilà qui est bien étonnant ! comment se peut-il ?..

JENNY.

Ce n'est pas la première fois qu'il me voit.

Mme DE VERNON.

Certainement, non.

JENNY.

Vous le saviez, ma mère ?

Mme DE VERNON.

Si je le savais !.. mais oui, je le savais... Ah ça ! qu'est-ce que cela signifie !.. jouons-nous ici aux propos interrompus.

CLORINDE.

Ah ! voici ces messieurs qui viennent de ce côté.

SCÈNE XII.

LES MÊMES, LE COLONEL, LE MAJOR, EMILE, OFFICIERS.

CHOEUR GÉNÉRAL.

Air nouveau de M. Adolphe.

Allons, messieurs, à table ! à table !
Quelle charmante garnison.
En l'honneur d'un sexe adorable,
Nous viderons plus d'un flacon.

(Paraît Emile entraînant le colonel.)

LE COLONEL.
Pourquoi toutes ces embrassades?.. comment ai-je pu mériter une si vive reconnaissance !

ÉMILE.
Comment? en faisant le bonheur de ma vie, mon colonel, mon second père. (A part.) Ils seront bien forcés de déclarer quel est l'époux de Jenny.

LE COLONEL.
Ce jeune homme est aliéné.

LE MAJOR, à part.
Depuis l'arrivée de ces dames, notre forteresse ressemble aux Petites-Maisons.

ÉMILE, avec intention, au colonel.
Veuillez donc me présenter à Mme votre sœur, mon colonel; cela devrait être déjà fait.

LE COLONEL.
En vérité! et pourquoi donc ça?.. enfin, soit. (A Mme de Vernon.) Permettez-moi, ma sœur, de vous présenter M. Emile Darcy.

JENNY, à part.
Que mon cœur est ému.

LE COLONEL.
Charmant jeune homme; rempli de talens, d'esprit... fait pour arriver à tout.

ÉMILE.
Ah! mon colonel...

LE COLONEL.
En supposant, toutefois, qu'il rentre dans son bon sens habituel, qui me semble l'avoir abandonné depuis un quart d'heure.

ÉMILE.
Que voulez-vous, mon colonel, c'est le trouble, la joie... (A part.) Comment ne devine-t-il pas cela?

LE COLONEL, à part.
La joie !.. ah! j'y suis... ma sœur aura parlé, et ce bon Emile est si heureux de mon bonheur... que le major n'est-il ainsi ! (Haut, prenant la main d'Emile.) Bien, mon jeune ami, tout est expliqué... Je suis touché jusqu'au fond de l'âme.

ÉMILE.
Ah! mon colonel! (A part.) Allons donc !.. nous marchons au dénouement.

Mme DE VERNON.
Vous avez parlé, mon frère !

LE COLONEL.
Vous n'avez pas été discrète, ma sœur!

Mme DE VERNON.
Ma fille m'a tout dit: vous lui avez déjà fait connaître vos intentions, dissimulé que vous êtes !

LE COLONEL.
Moi !

ÉMILE, à part.
Jenny ne m'en avait rien dit... (Haut.) Comment, mon colonel, vous avez eu la bonté...

LE COLONEL, avec impatience.
La bonté de quoi?

LE MAJOR.
Ah ça ! que diable se passe-t-il donc ici ?

JENNY, timidement.
Mais, maman, ce n'est pas mon oncle...

Mme DE VERNON.
Enfin, au point où nous en sommes, nous n'avons plus rien à déguiser... ma fille, embrassez votre oncle... mon gendre, embrassez votre femme.

ÉMILE.
Quel bonheur !

(Emile, qui croit que ce second appel le concerne, s'avance vers Jenny d'un air joyeux.)

LE COLONEL, repoussant doucement Emile, à part.
Diable ! quel empressement pour la femme de son colonel... (Haut à Jenny.) Ma chère nièce, je vais changer mon titre d'oncle contre un titre plus cher et plus doux. C'est monter en grade... puisse mon bonheur être le vôtre!

JENNY, reculant effrayée.
Comment, mon oncle..

ÉMILE.
Quoi donc, mon colonel ?

LE MAJOR.
Hein !.. qu'est-ce que j'entends-là ?.. (Au Colonel.) Quel titre vas-tu prendre, dis-tu auprès de cette enfant? celui de...

LE COLONEL, après un moment d'hésitation.
Son époux.

TOUS.
Son époux !

L'ENFLAMMÉ, du fond.
Mon colonel, vous êtes servi.

LE COLONEL, aux officiers.
Allons, messieurs, à table.

CHŒUR DES OFFICIERS.
Air Nouveau de M. Adolphe.

Allons, messieurs, à table ! à table !
Quelle charmante garnison !
En l'honneur d'un sexe adorable,
Nous viderons plus d'un flacon,

LE COLONEL.

Verre en main, mes amis, à table !
Bientôt je vous ferai raison.
En l'honneur d'un sexe adorable,
Nous viderons plus d'un flacon.

LE MAJOR, à part.

Cet hymen est invraisemblable !
Il a donc perdu la raison !
Lui, son époux? ami coupable,
Il faut le mettre à Charenton.

Mme DE VERNON, à sa fille.

Allons, Jenny, sois raisonnable,
Gloire, fortune, honneur, beau nom,
Est-il un sort plus désirable ?
Quel bonheur pour notre maison.

ÉMILE et JENNY, à part.

Hélas! quel coup affreux m'accable!
C'est lui qui lui donne son nom !
Eh quoi! je porterais
Est-il un sort plus déplorable ?
Hélas ! j'en perdrai la raison !

CLORINDE à part.

De faveurs le destin l'accable.
Moi, je voudrais porter son nom.
Est-il un sort plus agréable ?
Commander une garnison !

(A la fin de ce chœur, Jenny se trouve mal. Sa mère, Clorinde et Marguerite, s'empressent autour d'elle.)

Mme DE VERNON.
Ma fille ! ô ciel ! elle se trouve mal.

LE COLONEL, accourant.

Qu'est-ce donc?

CLORINDE.

Transportons-là dans son appartement.

LE COLONEL, allant aux officiers qui vont descendre la scène.

Ce n'est rien, messieurs; une légère indisposition... (Bas à sa sœur.) Cachez bien ce sot accident.

LE MAJOR, à mi-voix, au colonel.

C'est imprudent d'annoncer à des jeunes filles des mariages tels que ceux-là, sans préparation.

LE COLONEL, lançant au major un regard indigné.

Major! (Aux officiers.) A table, Messieurs! ces dames vont nous rejoindre.

LE MAJOR, au colonel.

Voilà des fiançailles qui commencent bien! ça promet.

(Mme de Vernon, Clorinde et Marguerite conduisent Jenny dans sa chambre, tandis que le Colonel, le Major et les officiers marchent vers le fond. L'Enflammé, Brick-Brick et des soldats ont paru dans le fond.)

REPRISE DU CHŒUR.

FIN DU PREMIER ACTE.

ACTE II.

Le théâtre représente une esplanade. Fortifications dans le fond. A gauche du spectateur, l'hôtel du Colonel. A droite, une cantine.

SCÈNE I.

BRICK-BRICK, UN BRIGADIER, AUTRES SOUS-OFFICIERS, SOLDATS

(Au lever du rideau, Brick-Brick, le Brigadier et des soldats sont attablés devant la cantine et boivent.

CHŒUR.

Air du Philtre.

Quelle volupté sans égale!
Buvons encor, buvons toujours!
C'est l' colonel qui nous régale;
Amis, buvons à ses amours!

LE BRIGADIER.

A c' t'heure, Brick-Brick, renare ton histoire.

BRICK-BRICK.

Oui, les vieux, quoi! la v'là, c't' histoire. Cette jeunesse, qu'est donc la fille de sa maman, et qui va-t'être madame la colonelle, rien qu'ça, s'était d'abord trouvée... pas bien du tout, en apprenant, pauvre petite chatte, qu'elle allait devenir la moitié légitime d'un vieux débris achematique, poussif et racétique, arrière-grand-onque de l'arrière-grand'-mère de sa mère.

LE BRIGADIER.

Excusez! qué présent de noces! cré nom!..

BRICK-BRICK.

Brigadier Pierre Nichon, vous jurez toujours; c'est mauvais genre... Or donc, cette infortunée plorait... plorait, toutes les larmes de son corps; mais quand elle a su qu'elle ne serait la femme que de son petit nononque ici présent, qu'est donc not' colonel à nous, oh! alors elle a r'ouvert l'œil, et elle s'a écrié, d'une petite voix douce : « De quoi, de quoi t'est-ce donc que je »me larmoyais? mon onque est encore bon... à »voir; ça été un bel homme; jeune encore, »pas plus de trente à soixante ans; et pis v'là là »le beau et brave Brick-Brick qui lui sert en ma-»nière de valet de chamdre; et pis ses vieux »lapins sont tous de bons enfans. » Et sa cousine, mademoiselle Clorinde, lui disait : «Va! »va! y a-t-encore des mariaches plus mal ficelés »que le tien. Ah! qu' t'es heureuse! Va! va! ce «qu'est dit est dit, et ce qu'est à faire se fera...» Buvons!

LE BRIGADIER.

Elles ont dit ça?

BRICK-BRICK.

Oui, Nichon, mon bichon; et ils sont là (Montrant la maison.) à rire et à gobletter depuis deux heures comme un tas de bienheureux; et le colonel a voulu qu' nous allissions chez le père Giroux et qu' nous percissions aussi le ventre à quéques gros tonneaux à la santé de sa santé et à celle de sa future.

LE BRIGADIER.

Cré nom! le colonel est un brave homme. Mais comment qu'il songe à se marier, lui, qui avait si souvent juré avec le gros-major...

BRICK-BRICK.

Eh ben! qué que ça fait ça? brigadier Nichon, vous paraissez jeune pour un ancien, mais fort jeune dans les choses de la vie. En tout ce qui concerne le petit dieu Quinze-Vingts, nommé Amour, et son grand bêtat de frère, l'Hymen, on jure de ne pas faire ceci et cela, et on fait cela et ceci; ces sarmens-là, ça n'engage à rien. Et moi-même, moi, Brick-Brick, qui vous parle, le volache, le séducteur, le monstre Brick-Brick, moi qui m'avais juré de ne jamais me permettre cette immense bêtise, je vais... j' vous l' confie à vous autres, mais ne le dites à personne; je vais probablement allumer les quinquets d'un bal de noce.

LE BRIGADIER ET AUTRES.

Pour toi?

BRICK-BRICK.

Pour moi.

LE BRIGADIER.

Ah! c'te farce!   (Tous se mettent à rire.)

BRICK-BRICK, les imitant.

Hi! hi! hi!.. Eh ben! qué que vous avez à rire?..

LE BRIGADIER.

Ah ça! mais, cré nom! y paraît tout d'même

que c'est une contagion, car il y a aussi L'Enflammé qui m'a dit, dit-y en secret...

BRICK-BRICK.

Nichon ! pas un mot sur la folle espoir de ce
rival insensé.

LE BRIGADIER.

Rival ? tiens, c'est donc pour ça qui n'a pas
voulu venir se rafraîchir avec nous.

BRICK-BRICK.

Je le respecte et l'aime, mais je n'aurai d'autre rafraîchissement z'avec lui que celui de la
pointe, s'il vient encore marcher sur les talous
de mon amour. Mais soupfécit, comme disait
Napoléon avant qu'il fût sur la colonne, assez
causé ; et attention, vous autres ! Une dernière
rasade portée selon l'ordonnance, bouteille et
verre en main.

(A l'ordre de Brick-Brick, tous les soldats s'arment
d'un verre.)

REPRISE DU CHŒUR.

BRICK-BRICK.

V'là mon objet... regardez, vous autres, si
elle n'est pas gentille à croquer.

LE BRIGADIER.

Est-il heureux, ce gueux-là !

BRICK-BRICK.

Dam ! quand on a quéques avantages.

SCÈNE II.

LES MÊMES, MARGUERITE.

(Marguerite passe au fond du théâtre : Brick-Brick court au-devant
d'elle et la ramène à l'avant-scène.)

BRICK-BRICK.

Un p'tit moment donc, ma charmante ! comme
vous courez !

MARGUERITE.

Laissez-moi, monsieur Brick-Brick ; ma maîtresse m'attend.

BRICK-BRICK.

Oh ! elle attendra.

MARGUERITE.

Et je serai grondée... Ah ! sainte Vierge ! que
de militaires.

BRICK-BRICK.

Restez donc ! ce sont tous des camarades et
des amis.

(Tous les soldats mettent la main au schako.)

LE BRIGADIER.

De quoi auriez-vous peur, mon enfant ! quand
on est jolie comme ça, c'est les autres à qui
qu'on fait battre le cœur.

BRICK-BRICK, lui poussant la tête.

Tiens, c' vieux farceur ! c'est pas mal dit tout
d' même.

MARGUERITE.

Que ces militaires sont aimables !

BRICK-BRICK.

Quand nous serons mariés, vous les connaî-
trez mieux, et alors...

MARGUERITE.

Mariés ?.. mais on ne parle pas encore de ça
dans mon pays.

BRICK-BRICK.

En vérité ? mais on en parle dans le mien, et
c'est tout comme. Ah ça ! ma jolie fleur d'amour,
prendre le galop du pas redoublé avec quoi

j'espère que nous n'écoutons plus les soupirs de
ce satané de vieux chaud-chaud ?

MARGUERITE.

Qui ça ! celui que vous appelez l'Enflammé ?
Ah ben ! par exemple... j'aimerais autant écou-
ter le vieux serpent de not' paroisse, qui siffle
en parlant parce qu'il n'a plus de dents. (Ils rient
tous.) Vot' l'Enflammé me fait peur ; et puis il est
si laid !

PLUSIEURS SOLDATS, entourant Marguerite.

Oui, qu'il l'est !

BRICK-BRICK.

Est-elle aimable !

LE BRIGADIER, voulant prendre la taille de Marguerite.

Oh ! oui.

BRICK-BRICK, la prenant à son tour.

Brigadier Nichon, contenons-nous.

MARGUERITE, à Brick-Brick, en lui donnant un
coup sur les mains.

Ah ça ! vous-même, à bas les pattes... vous
en jouez comme un écureuil.

BRICK-BRICK.

Faut ça !

MARGUERITE.

Oui-dà ! mais je ne le permettrai, moi, qu'à
mon mari et le jour de mes noces... A propos
de noces, savez-vous la nouvelle ?

TOUS.

Quoi donc ?

MARGUERITE.

C'est décidé...

BRICK-BRICK.

Ah ! c'est décidé ?.. Quoi ?

MARGUERITE.

Votre colonel a cédé au désir de sa sœur qui
aime encore à danser comme si elle avait vingt
ans, la digne femme, et il donne demain un bal
ici...

TOUS.

Un bal ! vivat !

MARGUERITE.

On réunira toutes les dames qu'on pourra, a
six lieues à la ronde, jusqu'aux paysannes... Ce
sera le bal des fi... fi...

BRICK-BRICK.

Fiançailles.

MARGUERITE.

C'est ça. C'est pour le coup que votre gros
major va grogner. Un bal militaire!.. Je voudrais
déjà y être... Vous danserez avec moi ?

BRICK-BRICK.

Tiens ! c'est de droit.

LE BRIGADIER.

Pourquoi donc ça ? (A Marguerite.) Je vous re-
tiens pour la seconde.

UN SOLDAT.

Moi, pour la troisième.

UN AUTRE.

Moi, pour la quatrième.

PLUSIEURS.

Et moi, moi...

BRICK-BRICK.

Paix ! (A part.) Voilà des gredins à quoi il faudra que je casse un ergot. (A Marguerite, haut.)
T'nez, mamzelle Marguerite, je vais vous ap-
prendre le galop du pas redoublé avec quoi

nous trotterons vers le temple de l'Hyménée.
Attention, vous autres, et la main aux dames.
(Brick-Brick donne la main à Marguerite. On va dan-
ser; l'Enflammé paraît.)

SCÈNE III.

LES MÊMES, L'ENFLAMMÉ.

L'ENFLAMMÉ, entrant d'un air furieux.
Courage !

MARGUERITE, poussant un cri à l'aspect de l'Enflammé.
Ahie !   (Elle se sauve.)

BRICK-BRICK, voulant courir après elle.
Où allez-vous donc ? attendez...

L'ENFLAMMÉ, l'arrêtant par le bras.
Reste !

BRICK-BRICK.
Lâche-moi !

L'ENFLAMMÉ.
Non !

BRICK-BRICK.
Si !

L'ENFLAMMÉ.
Non ! je t'avais dit de ne plus approximer
cette belle.

BRICK-BRICK.
Tais-tois donc, vilain méchant !

LE BRIGADIER.
Allons, allons, pas de dispute entre amis.

L'ENFLAMMÉ.
Je te l'ordonne.

BRICK-BRICK.
Tu radotes.

L'ENFLAMMÉ.
Tu m'insultes encore, blanc-bec !

BRICK-BRICK.
Ah ! blanc-bec !.. tiens...
(Il prend à deux mains le bonnet de l'Enflammé et
le lui enfonce jusqu'au menton.)

L'ENFLAMMÉ, cherchant à se dégager de son bonnet.
Ah ! scélérat !.. où suis-je ? misérable ! tu peux
écrire à tes parens... viens ! viens !

BRICK-BRICK.
Il faut que je débarrasse le régiment de cet
empoisonneur patenté...

TOUS LES SOLDATS.
Holà ! camarades !..

L'ENFLAMMÉ, BRICK-BRICK.
Marchons.

Air du Triolet bleu.

Oui je veux sans retard ,
  A l'écart

BRICK-BRICK.
Vieux flambart,

L'ENFLAMMÉ.
Vil soudard ,

ENSEMBLE.

Que ma lame
T'arrache l'âme.
Gare à toi !
Viens, suis-moi !
  Sur ma foi ,
  Je le croi,
  Son pays,
  Ses amis,

Vieux Coquin, tu les vois,
Pour la dernière fois.

BRICK-BRICK, à tous.
Le Colonel et le Major ! silence !
(Tous les soldats se remettent en rang.)

SCÈNE IV.

LES MÊMES, LE COLONEL, LE MAJOR.

LE COLONEL.
Allons, soldats, c'est assez boire et se réjouir.
Il faut que la discipline reprenne son cours.

LE MAJOR.
Rentrez au quartier, et vous, Brigadier, com-
mencez les rondes.

LE BRIGADIER.
Oui, Major.

ENSEMBLE.

BRICK-BRICK et L'ENFLAMMÉ.
Oui , je veux sans retard , etc.

LES SOLDATS, en s'éloignant.

Venez donc à l'écart ,
Sans crainte et sans égard ,
Au pied du vieux rempart ,
Vous battre sans retard.
  Son pays,
  Ses amis,
L'un de vous, je le crois,
Les voit, en ce moment, pour la dernière fois.

(Les soldats s'éloignent de divers côtés. — Brick-Brick et l'Enflammé
s'assurant qu'ils ne sont pas observés du Colonel et du Major, s'es-
quivent par le deuxième plan à droite avec le brigadier et un autre sous-officier.)

SCÈNE V.

LE COLONEL, LE MAJOR.

LE COLONEL.
Ah ça ! maintenant que nous sommes seuls ,
dis-moi donc pourquoi tu m'as amené ici ?

LE MAJOR.
Tu vas le savoir.

LE COLONEL.
Dépêche-toi, car il me tarde de me retrouver
auprès de ma jolie voisine de gauche qui, pendant le repas, à été beaucoup plus aimable que
je n'osais m'y attendre.

LE MAJOR.
Ceci est modeste... mais sais-tu pourquoi elle
t'a montré ces dispositions amicales que tu n'o-
sais espérer d'elle ?

LE COLONEL.
C'est que je me suis trompé sans doute sur les
causes de son évanouissement, ou plutôt... Mais
quel diable d'interrogatoire me fais-tu subir là ?
suis-je donc au conseil de guerre ?

LE MAJOR.
Plût à Dieu !

LE COLONEL.
Bien obligé !

LE MAJOR.
Voyons, réponds-moi.

LE COLONEL.
Eh ! bien, c'est qu'elle aura réfléchi sur le peu

que je vaux... Avec les femmes, vois-tu, il n'y a
que le premier pas qui coûte.

LE MAJOR.

Veux-tu savoir le vrai, le seul motif de la mine
à peu près passable qu'on t'a faite ?

LE COLONEL.

Eh bien! oui... parle.

LE MAJOR.

C'est qu'au moment où ma petite voisine de
gauche entrait dans la salle à manger, pâle et
muette de chagrin, j'ai saisi l'instant de lui glis-
ser dans l'oreille qu'elle ne t'épouserait pas, et
que moi, ton vieil ami et ton premier conseiller,
je m'opposais à ce mariage.

LE COLONEL.

Allons donc! quelle plaisanterie !

LE MAJOR.

Une plaisanterie! je n'ai jamais été moins en
train de plaisanter.

LE COLONEL.

Mais alors, c'est...

LE MAJOR.

Il est donc vrai! Comment, c'est toi, vieux
nourrisson de Friedland et de Wagram, c'est toi,
toi, qui veux épouser cette jeune fille !

LE COLONEL.

C'était une promesse.

LE MAJOR.

L'épouser! et tu as pu me le dire, à moi! tu
as osé te l'avouer à toi-même !

LE COLONEL, à part.

Voilà ce que je craignais tant! mais montrons
du sang-froid et du caractère. (Haut d'un ton lé-
ger.) Eh bien! là, voyons, vieux grognard, qu'y
a-t-il donc là de si étonnant?

LE MAJOR.

Tu as vu l'effet... la première présentation à
bien réusi !.. un évanouissement !.. c'était gen-
til !

Air : Tu ne vois pas jeune imprudent.

Mari bien digne de pitié,
En paraissant en sa présence,
Tu n'auras donc qu'une moitié
Toujours, hélas! sans connaissance.
Pour elle heureux encor cela !
Moi je le dis du fond de l'âme...
Car, du moins, en ces momens-là
Elle oubliera qu'elle est ta femme.

LE COLONEL.

Major, je veux prendre tous vos conseils en
bonne part... mais l'amitié vous fait passer toutes les bornes, en supposant que cette ironie et
ces plaisanteries amères puissent être inspirées
par l'amitié.

LE MAJOR.

Tu as raison... et j'ai tort! Mais ma colère
contre toi est telle...

LE COLONEL.

Votre colère? vous ne vous rappelez point
assez, Major, que je suis votre supérieur.

LE MAJOR.

C'est vrai... j'avais plaisir à l'oublier.

LE COLONEL.

Et que vous devez, sinon à moi, du moins à
mon grade, le respect.

Air : Ce que j'éprouve en vous voyant.

Vous oubliez ce qui m'est dû.
Il est temps que tout cela cesse.
Si par bonté, si par faiblesse,
De mon rang je suis descendu,
De mes droits je n'ai rien perdu

LE MAJOR, saluant militairement.

Colonel, pardonnez de grace ;
Vous n'aurez plus à me blâmer...
A l'ordre on va se conformer.
A vous donc le respect qui glace...
Mais ne me dis plus de t'aimer !

LE COLONEL, après un temps.

Ta main, mon vieux!

LE MAJOR.

La voilà !

LE COLONEL.

Pardonne un mouvement d'impatience... mais
aussi tu viens me dire crûment des choses si dé-
sagréables !..

LE MAJOR.

C'est que je t'aime réellement, moi, c'est que
je t'aime depuis vingt ans; c'est que je te dois la
vérité; c'est que, dans le ciel des braves où nous
nous retrouverons un jour, je répondrai de toutes les sottises que je t'aurai laissé faire... et,
certes, celle-ci à elle seule, vaudrait toutes celles
que tu as faites pendant cinquante ans.

LE COLONEL.

Cinquante ans! cinquante ans !..

LE MAJOR.

Tu ne les as pas peut-être! Tu as un an de
plus que moi; j'en ai quarante-neuf, or, compte.

LE COLONEL.

Hé bien! oui... ça fait cinquante. Mais, au
surplus, il n'y a pas d'âge; c'est la bonne ou la
mauvaise santé qui le donne.

LE MAJOR.

Soit : mais toutes les folies se paient triple à
cinquante ans; et tu ne serais pas marié depuis
un mois que tu en aurais soixante; depuis deux,
soixante-dix; depuis trois...

LE COLONEL.

Arrête, malheureux! si je le laisse aller, il
fera de moi, un centenaire... Écoute; tu hais le
beau sexe par ce que tu as eu à t'en plaindre,
et tu raisonnes comme raisonne un ennemi. Ah!
que je voudrais te voir poursuivi par quelque
jeune fille aux yeux noirs... telle que... ma cousine Clorinde, par exemple...

LE MAJOR.

Ah! ah! cette petite brune si vive et si réso-
lue? elle a voulu deux ou trois fois me parler :
mais elle a trouvé avec qui se taire. Si j'étais
assez fat, ou assez sot pour croire qu'elle vou-
lût courir après-moi, brrr !.. je lui ferais voir du
chemin. Mais il s'agit de toi; je veux que tu me
jures...

LE COLONEL.

Tu m'impatientes! pourquoi prétendrais-tu que
tout le monde te ressemblât ! je sens que j'ai encore un cœur, moi !

LE MAJOR.

Toi? dis que tu as du cœur, et qu'à cent ans
tu le prouverais encore aux ennemis de la
France : ce sera là une vérité que personne n'o-
sera nier.

LE COLONEL.

Mais tu n'as donc pas remarqué, glaçon Flamand que tu es, combien elle est jolie?

LE MAJOR.

Moi! je ne l'ai seulement pas regardée; mais elle serait belle... belle! comme une tête de pipe écume de mer, de 1500 f., que je ne changerais pas d'avis... Tiens, voici Émile qui revient de ce côté... Demande-lui plutôt! il t'aime, le pauvre garçon, de toute son âme... vois comme il a l'air triste! s'il osait t'avouer sa façon de penser, il te dirait que c'est à cause de son bon vieux colonel...

LE COLONEL, à part.

Son bon vieux... eh! que diable, toujours des expressions...

SCÈNE VI.

LES MÊMES, ÉMILE, une lettre à la main.

LE COLONEL.

Approchez, mon cher Émile; je veux bien m'en rapporter à vous.

LE MAJOR.

Exprime hardiment ta façon de penser, et dis-nous...

ÉMILE.

Pardon, mon Colonel, et vous M. le Major, si je vous interromps; mais voici une lettre très pressée; le moindre retard me ferait une vive peine; veuillez, mon Colonel, en prendre connaissance et l'appuyer de vos sollicitations et de votre crédit.

(Émile remet la lettre au Colonel qui l'ouvre.)

LE MAJOR.

Quel air grave! qu'est-ce que c'est que cela?

LE COLONEL, après avoir jeté un coup-d'œil sur la lettre.

Une lettre au ministre de la guerre! l'instante prière de recevoir la démission d'Émile Darcy, ou de le faire passer dans les chasseurs d'Afrique, ou dans l'un des corps employés activement sur le théâtre de la guerre, dans nos possessions de l'Algérie.

LE MAJOR.

Ah! bah!..

LE COLONEL.

Voilà une singulière demande, Émile, et j'étais loin de m'y attendre. D'où vient cette brusque détermination?

ÉMILE.

M. le Major sait, mon colonel, que malgré tout l'attachement que je porte au régiment, et le dévoûment sincère, et j'ose dire filial, que je vous ai voué, mon séjour dans cette garnison m'est pénible.

LE MAJOR.

Oui, mais je croyais que la moins sérieuse de toutes les passions, l'amour, était la cause de tes ennuis, et que tes désirs se portaient bien plus vers les salons de Paris que vers les champs africains.

ÉMILE.

Une cause si légère, M. le Major, ne peut régler la destinée d'honneur d'un officier. Ici, je languis, et je me consume en vœux impuissans. Mourir pour mourir, j'aime mieux, en

digne enfant de notre colonel, périr au champ d'honneur, le sabre à la main, qu'entre les murs épais d'une forteresse aussi pacifique que la nôtre.

LE COLONEL.

C'est le vœu d'un brave...

LE MAJOR.

Sans doute, et je l'approuve.

LE COLONEL.

Mais il m'étonne de votre part, Émile... il n'y a pas une heure, vous étiez si satisfait!..

ÉMILE.

Pour mieux cacher mes pensées; (Comme à lui-même.) et puis, il y a une heure, j'ignorais ce que je sais maintenant.

LE MAJOR, à part.

Hum! il y a là-dessous un mystère que je crois deviner... cette jeune inconnue...

LE COLONEL.

Vouloir mourir si jeune, si plein d'avenir!

ÉMILE.

Eh! qu'importe!

AIR: T'en souviens-tu.

De tant de jours, pourquoi traîner la chaîne?
Vœux insensés! hélas! aux sombres bords,
Qu'on ait trente ans, ou qu'on ait la centaine,
L'âge s'enfuit et ne suit pas les morts.
Un court printemps bornera ma carrière?
Tels sont mes vœux, si je sais la remplir.
Qu'un seul laurier, à mon heure dernière,
Pare mon front et j'aurai cru vieillir.

LE MAJOR, pressant la main d'Émile.

Bien, mon jeune ami, très bien! Je reconnais-là l'enthousiasme de mes jeunes années.

LE COLONEL.

C'est une noble philosophie. Quoi qu'il en soit, je ne puis vous répondre d'une manière positive sur-le-champ... peut-être changerez-vous d'avis.

ÉMILE.

Jamais!

LE MAJOR.

Bast! *jamais* est un sot. On ne sait pas ce qui peut arriver... Mais voyons maintenant, peux-tu répondre à la question que nous avions à te faire.

LE COLONEL.

Non, non, laissons cela.

LE MAJOR.

Pas du tout! pas du tout! et si tu ne la fais pas, Colonel, je la ferai moi-même.

LE COLONEL.

Allons, voyons, tête de fer! Parlez, Émile: croyez-vous que je ne fasse pas bien de donner à mes vieux jours une compagne douce, aimante, sensible...

ÉMILE, d'une voix altérée.

O Ciel!.. quoi? mon colonel, c'est là cette question?

LE MAJOR, LE COLONEL.

Oui.

ÉMILE.

Dispensez-moi, je vous en supplie...

LE COLONEL.

Oh! puisque j'ai tant fait que de demander votre avis, mon cher Émile, il faut que vous répondiez.

ÉMILE.

Non, de grace!

LE MAJOR.

Réponds, et franchement. (A part.) Mes soupçons se confirment; ça va amener une crise.

ÉMILE, à part.

Eh bien! Il saura la vérité... il n'en hâtera que plus mon départ... (Haut.) Si... Mlle de Vernon vous aime... d'amour, si c'est de sa propre volonté qu'elle vous choisit pour son mari... épousez-là, mon colonel... Mais, alors, il sera permis peut-être d'avoir de ses principes une opinion moins haute...

LE COLONEL.

Étrange restriction !.. A quel propos...

LE MAJOR.

Ne l'interromps donc pas !.. Courage, Émile!

ÉMILE.

Mais si Jenny n'est qu'une victime qu'on traîne à l'autel, permettez-moi, Colonel, de blâmer... et de plaindre aussi peut-être, celui qui la forcera de céder à un ordre non moins insensé que tyrannique.

LE COLONEL.

Quelles expressions!

LE MAJOR.

Excellentes! bravo! Émile. Allons, Colonel, tu es battu! en plaine et sur la montagne. Avoue-toi battu! battu sur mer et sur terre...

LE COLONEL, impatienté.

Sur mer et sur terre !.. Un moment, Major... tes cris me troublent, mais ne me persuadent pas... (A Émile.) Mon jeune ami, vous pensez, et je devais m'y attendre, qu'une jeune fille qui consent à se courber sous le joug du mariage, ne doit consulter que son cœur. Eh bien, M. le conseiller, si l'on voulait vous contraindre à arracher de votre cœur l'image de votre belle inconnue, que feriez-vous?

ÉMILE.

Mon colonel, je... Mais il ne s'agit pas de moi...

LE COLONEL.

N'importe! répondez...

ÉMILE.

De grace, mon colonel, apostillez ma lettre au ministre...

LE MAJOR.

Réponds, Émile, et dis-lui la vérité... (Appuyant.) Toute la vérité.

LE COLONEL.

Que feriez-vous?

ÉMILE.

Eh bien! je répondrais: non! maintenant surtout que cette inconnue a cessé d'en être une pour moi.

LE COLONEL.

Qu'entends-je? ô Ciel! serait-ce...

LE MAJOR.

Nous y voilà, je m'en doutais...

ÉMILE.

Vous l'avez voulu, mon colonel: c'est vous qui m'avez arraché mon secret... oui, c'est Jenny!

LE COLONEL.

Jenny!

LE MAJOR, à Émile.

Va! va! aux grands maux, les grands remèdes.

ÉMILE.

Jugez de mon malheur! lorsque je refusais obstinément la main de votre nièce, je repoussais mon propre bonheur. Vous le voyez, mon colonel, je suis de trop ici, et, en demandant ma démission ou mon changement, je ne fais qu'accomplir un devoir.

LE MAJOR.

Pourquoi donc ça?

ÉMILE, au Major.

Laissez-moi finir. Mon colonel, quelque soit votre décision, ah! croyez que jusqu'à mon dernier soupir, je n'en bénirai pas moins votre nom... et Jenny... ah! je le comprends maintenant !.. elle et moi nous méritions un châtiment.

(Il sort.)

SCÈNE VII.

LE COLONEL, LE MAJOR.

LE MAJOR, essuyant ses yeux.

Morbleu! je me sens tout ému... bon Émile !.. généreux Émile! charmant... oui, jeune et charmant Émile. (Se retournant brusquement vers le Colonel.) Ça n'est pas vrai peut-être?

LE COLONEL.

Hé! qui te dit le contraire!

LE MAJOR.

Eh bien?

LE COLONEL.

Eh bien !.. Émile est... tout ce que tu voudras; mais les choses sont trop avancées... c'est sa faute!

LE MAJOR.

Sa faute!

LE COLONEL.

Il n'avait qu'à accepter, lorsque je la lui ai proposée.

LE MAJOR.

Mais, il lui aurait été infidèle.

LE COLONEL.

Mais, moi, je n'avais pas vu ma nièce!

LE MAJOR.

Mais quand tu l'aurais vue cent fois, qu'est-ce que cela fait?

LE COLONEL.

Mais... mais... mais... je n'en serais pas... (Hésitant.) amoureux.

LE MAJOR, avec un grand étonnement.

Hein? tu n'en serais pas... quoi?

LE COLONEL, à mi-voix, avec humeur.

Amoureux...

LE MAJOR, s'abandonnant au rire le plus bruyant.

Toi? ah! ah! ah! oh! oh! oh! co... co... ah! ah! co...lo...nel, tu veux donc... ah! ah! ah! me faire mou...mou...rir, oh! oh! à force de rire !..

LE COLONEL, avec emportement.

Major !.. ces expressions indignes de nous deux...

LE MAJOR, riant toujours et cherchant à reprendre son sérieux.

Tu !.. ah! ah! ah! tu te fâches?

LE COLONEL.

La patience d'un saint n'y tiendrait pas. Je puis ôter mes épaulettes... et...

LE MAJOR, les joues gonflées.

Et alors...

LE COLONEL.

Il n'y aura plus de supérieur.

LE MAJOR.

Eh bien ! après. (Riant de nouveau.) Ah! ah! ah! oh! oh! oh!

LE COLONEL.

Il n'y aura plus qu'un offensé... et qu'un insolent!..

LE MAJOR, avec colère.

Colonel!..

(On entend dans la coulisse un cliquetis d'armes et des cris.)

SCÈNE VIII.

LES PRÉCÉDENS, UN MARÉCHAL-DES-LOGIS, BRICK-BRICK, L'ENFLAMMÉ, SOLDATS.

LE MARÉCHAL-DES-LOGIS.

Mon Colonel, je viens d'arrêter deux hommes qui se battaient près des remparts.

LE COLONEL.

Qu'on les amène ici.

LE MARÉCHAL-DES-LOGIS, à la cantonnade.

Avancez !

(Paraissent Brick-Brick et l'Enflammé, l'un, l'air insouciant et goguenard, l'autre, le bonnet sur les yeux, l'air sombre et renfrogné; quelques soldats les entourent.)

LE COLONEL.

Approchez... quoi? deux amis, l'un contre l'autre, le sabre à la main ! quelle est la cause de cette querelle?

L'ENFLAMMÉ.

Mon Colonel, voilà donc Brick-Brick...

BRICK-BRICK.

Mon Colonel, je m'en vais vous expliquer la chose.

L'ENFLAMMÉ.

C'est z'a moi...

BRICK-BRICK.

Vous le savez, mon Colonel, et vous le dites bien des fois vous-même ; si la brosse et les rata de l'Enflammé ne valaient pas mieux que sa langue, on aimerait beaucoup mieux cirer ses bottes et faire sa cuisine soi seul.

L'ENFLAMMÉ.

Là ! vous l'entendez, mes chefs, voilà comment il se permet...

LE MAJOR, à Brick-Brick.

Parle, et dépêche-toi.

BRICK-BRICK.

Voici. Je blague toujours l'Enflammé, dit ce vieillard ; je le fais trop souvent monter à l'échelle, dit encore le même... c'est vrai : mais je l'aime et le respecte... pourquoi?.. c'est que je respecte et que j'aime la vieillesse... (A l'Enflammé.) Oui, je vénère tes cheveux blancs.

L'ENFLAMMÉ.

Méchant farceur ! si je...

LE COLONEL.

Paix !

BRICK-BRICK.

Je les aime presque autant que ceux de mon colonel.

(Le Colonel fait un mouvement d'impatience.)

LE MAJOR.

Achève , imbécille...

BRICK-BRICK.

Car l'âge de mon Colonel et le tien, mon brave homme, sont pour moi... oh! oui, c'est une chose superbe que le grand âge, pourvu que le vieillard ne soit pas trop laid...

LE COLONEL.

Va-t-en au diable, maudit bavard!

BRICK-BRICK.

Voilà ! Du depuis que le beau sexe est tombé comme une bombe au milieu de nous, il n'y a plus moyen de tenir ce vieillard. Il frétille, il jacasse , il se peigne, se frise, se noircit la moustache , se permet le col blanc, et néglige ses devoirs.

L'ENFLAMMÉ.

C'est pas vrai !

BRICK-BRICK.

Et pourquoi, mon Colonel, tente-t-il l'impossible? pourquoi veut-il paraître moins laid ? pourquoi ? c'est que depuis ce matin, il prétend qu'il a encore un cœur...

LE COLONEL, à part.

Sotte position ! (Haut.) As-tu fini ?

BRICK-BRICK.

Mon Colonel, encore un mot. Bref, l'Enflammé s'est oublié au point de faire l'amour à Marguerite. Il veut l'épouser ; elle, elle ne peut pas le souffrir. Moi, mon Colonel, à cause de l'estime et de l'amitié que je porte à cette vieille bête, je lui dis de se tenir paisible... ah ! respectable ganache, que je lui ai dit, vu son âge, ah ! non, je ne te lairai pas consumer ta perte. Demande à nos chefs, demande à not' Colonel, où ça peut conduire un hymen disproportionné, quand soixante veut s'additionner avec dix-sept... ça fait juste les deux potences ! homme inconséquent, plutôt que de vous laisser unir, cette jeunesse et toi, pour vous déchirer, je vous ferai à tous deux un rempart de mon corps... Voilà tout ce que je lui ai dit, mon Colonel, et il n'a pu rien me répondre. (Montrant l'Enflammé qui tire son mouchoir.) Et tenez, tenez, il s'attendrit, le pauvre vieux...

L'ENFLAMMÉ, se mouchant.

Plus souvent ! je me mouche.

BRICK-BRICK.

Ah ! bon... puis voilà, mon Colonel, y a un quart d'heure, qu'il a lâché les gros mots, il a fait des gestes...

L'ENFLAMMÉ.

C'est lui !..

BRICK-BRICK.

Je ne lui en veux pas ; mais...

Air : Voltaire chez Mme de Sévigné.

Avec sa tête sexagénaire,
Oser demander d'être' l'époux
De c'te jeuness' dont il s'rait l' père,
Moi, ça m'a mis tout sens d'sus d'sous.
J' lui disais donc avec franchise ;
« D'honneur mon vieux tu m' fais pitié. »

Et j'allais l' tuer par amitié,
Pour l'empêcher d' faire un' sottise.

N'est-ce pas que j'ai raison, mon Colonel?

LE COLONEL.

Tais-toi!

L'ENFLAMMÉ, à Brick-Brick.

Tu vois ben que le Colonel me rend justice.

LE COLONEL.

Vous m'ennuyez tous les deux! plus de querelle! sortez... je vous ordonne de rester amis.

(Sortie des soldats.)

SCÈNE IX.

LE COLONEL, LE MAJOR.

(Court moment de silence; le Colonel va au Major.)

LE COLONEL.

Ce que j'ai dit pour les soldats, je le dis pour le Colonel et pour le major... (Tendant la main.) Et je leur ordonne de s'embrasser cordialement.... A présent, je sais ce qu'il me reste à faire.... Je retourne auprès de Jenny.... sans adieu.   (Il sort.)

SCÈNE X.

LE MAJOR, seul.

Épouse-la ta Jenny... moi je ne m'en mêle plus... qu'il agisse comme il voudra!.. Nous resterons toujours amis... mais adieu à nos projets, adieu au plan de vie que nous avions tracé pour la fin de nos jours... Je m'en vais fumer une pipe... c'est ma seule consolation...

(Il s'assied près de la table à droite.)

SCÈNE XI.

CLORINDE, LE MAJOR.

CLORINDE, à part, sortant de l'hôtel.

Voici le Major!... tenons la promesse que j'ai faite à ma tante.... A nous deux, maintenant!...

LE MAJOR, à part, fumant.

Tiens!.. c'est la petite brune... Mlle Clorinde!..

CLORINDE, comme à elle-même.

On s'attendrit là-dedans... bonsoir!.. assez de sentiment comme ça. La drôle de citadelle! on dirait un couvent de moines ou un hôpital des fous : chacun y marche le front baissé ou les yeux en pleurs; et je m'attends d'un moment à l'autre à entendre, au lieu d'une joyeuse chanson à boire, entonner un *de profundis.* Cré coquin! comme disait le sergent Grinchard, voilà de singuliers paroissiens!

LE MAJOR, à part.

Elle a raison, la petite luronne.

CLORINDE, même jeu.

Ah! ah! voilà le major... Lui et moi, nous sommes, je crois, les deux seuls êtres raisonnables de toute cette garnison... Ce n'est pas pour dire, mais il est doué d'une belle et bonne tête

de grognard, au moins! (Le major relève son col, se retourne à demi de son côté et lui lance une énorme bouffée de tabac.) Merci! ça sent joliment bon le tabac tout de même! (Lui frappant sur l'épaule.) Camarade!..

LE MAJOR.

Camarade?..

CLORINDE.

Eh bien! oui, camarade!..

LE MAJOR.

Il me semble que nous n'avons pas... servi ensemble?

(Il se lève et tourne autour de la table pour éviter Clorinde; elle le suit pas à pas.)

CLORINDE.

Peut-être, moralement parlant. Voyez-vous, moi, quand on est en guerre, je lis tous les bulletins qui sont, comme chacun le sait, la vérité même...

LE MAJOR, en demi à-parte.

Hou! hou!

CLORINDE.

Je suis l'armée française sur la carte; je me dis : Ici nos braves soldats ont souffert; là, ils se couvrent de gloire. Quand ils sont repoussés, je pleure; quand ils sont vainqueurs, je chante, je suis heureuse, je crie : vive la France! Vous voyez bien que, sauf cette bagatelle d'affronter auprès de vous les balles, puisque nos impressions sont les mêmes dans la victoire comme dans la défaite, et les résultats les mêmes pour tous deux, j'ai quelque droit de vous frapper sur l'épaule en vous disant : mon camarade!

LE MAJOR, en riant.

C'est vrai, c'est vrai... Ah ça! vous aimez votre pays, vous, à ce qu'il paraît?

CLORINDE.

Si je l'aime!.. ma foi, mon cher major, voilà une question un peu...

LE MAJOR.

Un peu... quoi?

CLORINDE.

C'est ça, justement!.. Comment? vous me demandez si j'aime mon pays?

LE MAJOR.

Eh! corbleu! j'ai rencontré plus d'une Française à qui je n'aurais pas osé adresser cette question, de peur d'entendre une réponse en Russe.

CLORINDE.

Oui, oui, je sais qu'il est quelques-unes et quelques-uns de nos compatriotes qui se donnent les airs de dénigrer leur patrie et de vanter l'étranger aux dépens de leurs frères .. Honte sur eux!

Air du Verre.

Oui, chez nous, on voit trop régner
Cette sotte et triste manie.
Le bon ton est de dédaigner
Ce que toute l'Europe envie.
Chez nous Russe, Allemand, Anglais.
De réussir sont sûrs d'avance...
Et l'on n'est fier d'être Français
Que lorsqu'on est loin de la France.

LE MAJOR, s'animant.

C'est trop vrai!

CLORINDE.

Mais moi, de près comme de loin, je suis fière de notre belle France, de mon titre de Française ; et ni Anglais, ni Allemand, ni Russe, fût-il prince ou millionnaire, n'obtiendrait cette main qui, plutôt que de tomber dans la sienne, irait chercher celle du dernier tourlourou de nos armées.

LE MAJOR.

Bien, jeune fille ! très bien, corbleu !

CLORINDE.

Tels sont mes sentimens, et je m'inquiète fort peu qu'ils plaisent ou non...

LE MAJOR.

Comment donc ! mais, mille noms de noms ! il n'y a pas un seul soldat français, depuis le pioupiou enrôlé d'hier jusqu'au maréchal, à qui ils ne conviennent à merveille !

CLORINDE, à part.

Je m'oublie... le sang de mon brave père parle trop haut en moi, et si je n'y prends garde, la scène va tourner au sentiment... A mon rôle. (Haut, d'un air dédaigneux.) A propos de pioupiou, j'avais, en vous abordant, une question à vous faire, camarade... Pourquoi donc vous servez-vous d'une pipe ?

LE MAJOR, à part.

Nous y voilà !

CLORINDE.

Et quel est ce tabac que vous fumez là ?

LE MAJOR, d'un ton bourru.

Ce tabac est celui que j'aime... et je fume... je fume parce que j'y trouve mon plaisir... Si ça ne vous convient pas... la forteresse est grande.

CLORINDE.

Gardez votre franchise militaire pour une autre occasion, mon brave ; vous n'avez pas compris ma question. Je voulais seulement vous dire qu'il est du plus mauvais ton de fumer dans une pipe...

LE MAJOR.

Oh ! si ce n'est que ça !..

CLORINDE.

Mais, quant à moi, j'aime beaucoup l'odeur du tabac ; si vous voulez m'en donner, je vais faire une cigarette. Ma tante n'est pas là. Croiriez-vous bien qu'elle me défend de fumer ?

LE MAJOR, en souriant.

Pas possible. Comment, elle a l'impertinence de vous empêcher de fumer ?.. c'est monstrueux !

CLORINDE.

Mais la défense a produit un effet tout contraire. Donnez, donnez...

(Le Major tire du tabac de sa blague ; Clorinde fait une cigarette.)

LE MAJOR, riant.

C'est fort plaisant, ma parole d'honneur !

CLORINDE, tout en arrangeant sa cigarette.

Air du D'able à quatre.

Je n'aimais pas beaucoup le tabac ;
Mais maintenant, ab hoc et ab hac,
J'en prends, je l'aime... Eh ! mais, vraiment,
C'est que ma tante le défend.
Voilà mon sentiment.
Major, en tout, ma foi.
Moi,
Je veux agir ainsi.

Si,
Bravant peine et souci,
Quelque beau jour aussi
Je daignais gouverner un mari.

Petite chanson rococo arrangée par moi avec variantes.

LE MAJOR, à part.

Tudieu ! la petite gaillarde ! c'est qu'elle est gentille !.. (Clorinde achève sa cigarette.) et elle arrange très proprement les cigarettes...

CLORINDE.

Du feu, major !

LE MAJOR.

Voilà, camarade !

CLORINDE, fumant.

A la bonne heure donc !.. Une poignée de main.

LE MAJOR.

Ça va ! (Ils se tapent dans la main.) C'est qu'elle a une bonne petite poigne, au moins, et c'est doux comme un velours...

CLORINDE, le regardant en-dessous, et en riant.

Ça commence à marcher. (Le Major se retourne vers elle ; elle reprend d'un air martial, en lâchant une bouffée de tabac.) Hum ! hum !

LE MAJOR, à part.

Mais, voyez donc ! elle fume comme un petit ange... (A Clorinde.) Bravo !.. bravo ! (A part.) Ce n'est pas une femme comme une autre, non !.. c'est plus qu'une femme ! Parbleu ! si elles étaient toutes comme ça...

CLORINDE, à part, en souriant.

Ça va, ça va ! (Haut, en se retournant.) Cette citadelle est assez bien construite ; trouvez-vous, Major ?

LE MAJOR, en souriant.

Mais, oui... (A part.) Voilà une question...

CLORINDE.

Le mur d'enceinte me paraît assez bien conditionné.

LE MAJOR.

Mais, oui, pas mal.

CLORINDE.

Mais il y a quelques critiques à faire.

LE MAJOR.

Ah bah ! lesquelles donc ? Je serais charmé d'avoir l'avis d'un guerrier aussi distingué que vous. A vos ordres, mon... ma...

CLORINDE.

Mon camarade... c'est convenu.

LE MAJOR, gaîment et tendant de nouveau la main à Clorinde, qui, cette fois, ne la prend pas.

Va pour mon camarade ! toujours mon camarade. (A part.) Mordieu ! si, en entrant au régiment, au lieu de ce vieux moricaud de Jean Crétin, mon compagnon de gamelle, on m'avait donné...

CLORINDE, d'un ton bref, à la Napoléon.

Écoutez. (Prenant la canne du Major, et tantôt montrant à la cantonnade, et tantôt dessinant sur le terrain la partie qu'elle indique.) Voyez... de ce côté, le mur d'enceinte est trop élevé ; il paralyse le feu du redan qui est là-bas.

LE MAJOR,

C'est vrai !

CLORINDE.

La face gauche de ce bastion ne protège pas

la lunette. Où envoie-t-elle ses feux d'écharpe ? hein ?

LE MAJOR.

Au Diable... c'est vrai ! (A part.) Je tombe de mon haut !

CLORINDE.

La gueule des douze dogues qu'on a placés là, ferait plus de bruit que de besogne, ce qui arrive souvent en guerre ; et l'ennemi arriverait jusqu'au pied des remparts, que les pauvres diables, qui seraient dans la lunette, n'y auraient vu que du feu.

LE MAJOR, suivant de l'œil les points désignés par Clorinde.

C'est vrai, vrai, vrai !.. Je suis asphyxié de surprise... Ah ça ! mais comment, ange, démon, lutin, fée, génie, ou qui que tu sois, avez-vous remarqué cela ?

CLORINDE.

J'ai l'œil un tant soit peu exercé. Ne suis-je pas l'unique enfant d'un brave ? Née dans une citadelle, à l'ombre du drapeau national, n'ai-je pas reçu une éducation presque militaire ? Ah ! si l'étranger osait menacer nos frontières, et que mon bon père vécût encore, il y aurait cent à parier contre un que Clorinde lui servirait d'aide-de-camp... ça s'est vu.

LE MAJOR.

D'aide-de-camp ?.. Votre père était donc général ?

CLORINDE.

Un peu, notre ancien.

LE MAJOR.

Son nom ?

CLORINDE.

Darcel.

LE MAJOR.

Darcel ! le brave des braves, l'honneur de l'uniforme ! Darcel, l'ami, le père du soldat !.. j'ai servi sous lui.

CLORINDE, lui tendant la main.

En ce cas, camarade, plus que jamais touchez là.

LE MAJOR.

Ma foi !.. (Après un moment d'hésitation, il baise la main de Clorinde.) Ah baste ! je me risque... Vive l'Empereur !

CLORINDE, avec chaleur.

Vive l'Empereur ! (A part.) En vérité, ces vieux soldats ont une âme... A mon rôle... à mon rôle... et attention à la manœuvre ! (Haut en se promenant les mains derrière le dos.) Vous voyez donc, Major, qu'on s'y connaît un peu. Mais, tenez, en dépit de ma critique, entendez-vous bien, j'aurais cette place à défendre, qu'avec une garnison composée d'hommes tels que vous, Major, je ne craindrais pas trente mille assiégeans.

LE MAJOR.

Je vous crois bien, Général !.. c'est-à-dire, made... camara... (A part.) Bon ! voilà que je ne sais ce que je dis... elle m'impose malgré moi, cette petite femme-là...

CLORINDE, à part.

Ça va, ça va ! (Haut.) Ah ! que vous êtes heureux, Major, de vivre ainsi au milieu des tambours, des trompettes ! de sentir cette suave odeur de la poudre !

LE MAJOR.

Oui, oui, j'en conviens...

CLORINDE.

De commander l'exercice à de braves soldats, de voir flotter sur votre tête l'étendard de la patrie !

LE MAJOR, à part.

Que d'esprit et de gentillesse ! (Haut.) Sans doute, sans doute... le métier a du charme ; mais c'est un assez agréable état aussi que celui d'être jolie femme.

CLORINDE.

Ah ! si j'avais été homme !

LE MAJOR, vivement.

J'en serais bien fâché !

CLORINDE, à part.

Bravo ! mais c'est qu'il est très aimable, ce Major ! (Haut.) Voyez... je servirais aussi...

LE MAJOR, avec un gros soupir.

Hélas ! oui, peut-être un heureux hasard vous aurait-il placée dans mon régiment ?

CLORINDE.

Pourquoi pas ?

LE MAJOR, s'animant de plus en plus.

J'aurais été votre camarade de chambrée...

CLORINDE.

Pourquoi non ?

LE MAJOR, voulant lui prendre la taille.

J'aurais été votre camarade de...

CLORINDE, reculant.

Plaît-il ?

LE MAJOR.

Enfin, n'importe !

CLORINDE.

Cré coq !.. une épaulette et un sabre !.. C'est un beau rêve que j'ai fait quelquefois ; mais, à Paris, au milieu des bals, des concerts, des falbalas, des dentelles, des chapeaux à plumes, et de toutes les sottises dont on affuble ce pauvre sexe féminin, ce rêve est bientôt détruit.

LE MAJOR, très vivement.

Que ne restez-vous avec nous ?

CLORINDE.

Bonne idée !

LE MAJOR, joyeux.

N'est-ce pas ?

CLORINDE.

C'est que cela ne se peut pas.

LE MAJOR.

Et pourquoi ?.. Mais nous aurons le bonheur de vous posséder au moins quelque temps ?

CLORINDE, à part.

Le bonheur... Pauvre Major !.. (Haut.) Oui, quelque temps... huit jours... peut-être moins... (Le Major pousse un soupir.) Et l'on me ramènera en ville, et il faudra que je vive au milieu de ce monde, avec lequel je sympathise si peu.

LE MAJOR, se rapprochant d'elle, et lui prenant la main.

Tandis qu'ici votre seule présence serait de la joie et du bonheur pour tous.

CLORINDE.

Et l'on me fera épouser un pékin !..

LE MAJOR, furieux.

Un blanc-bec !

CLORINDE.

C'est ainsi que je l'ai traité, lorsqu'on me l'a présenté.

LE MAJOR.
Sacristi ! que vous avez bien fait !

CLORINDE.
Oui, saperlotte ! n'est-ce pas que j'ai bien fait ?
C'est égal, il ne s'est pas découragé... il m'aime,
dit-il...

LE MAJOR.
Il faudrait qu'il fût bien difficile !..

CLORINDE, à part.
Bon Major !

LE MAJOR, timidement.
Et il est jeune, dites-vous ?

CLORINDE.
Vingt-cinq ans.

LE MAJOR, soupirant.
Hum ! (Même jeu.) Joli homme ?

CLORINDE.
Pas mal.

LE MAJOR, soupirant.
Ah ! si j'avais l'âge et le physique de ce gail-
lard-là !

CLORINDE.
L'âge ?.. Allons donc !

Air nouveau de M. Adolphe.

Vous seriez jeune citoyen,
Vous qu'on nomme vieux militaire.
Croyez-moi, les ans n'y font rien ;
Un brave est toujours sûr de plaire.
La France vous voit jeune encor :
A votre amour elle est fidèle...
On ne doit pas, mon cher Major,
Être plus difficile qu'elle.

LE MAJOR, transporté.
Eh quoi ! vous pensez ?..

CLORINDE.
Quant au physique, est-ce qu'un homme n'est
pas toujours bien ?.. et puis...

Même air.

Sous l'uniforme, un vieux guerrier
Se dessine encore avec grace,
Et, sous l'ombre de son cimier,
Chaque ride aussitôt s'efface.
Puisqu'à la gloire il plaît encor,
Qu'elle est son amante fidèle,
On ne doit pas, mon cher Major,
Être plus difficile qu'elle.

LE MAJOR, à part.
Il n'y a pas deux femmes comme celle-là sur
la terre ! (A Clorinde, avec ivresse.) Clorinde !
adorable Clorinde, mon camarade... femme en-
chanteresse... écoutez... il faut que je te dise...

CLORINDE, s'éloignant un peu en riant.
Eh ! mon Dieu ! à qui en avez-vous donc,
Major ?

LE MAJOR.
J'ai... j'ai... aidez-moi donc un peu ! c'est un
terrain si nouveau pour moi ! ma tête se perd,
mon cœur bat avec une force... Saperlotte ! je
serais plus à mon aise devant vingt bouches à
feu !

CLORINDE, riant.
Comment donc ? est-ce que je vous fais
peur ?

LE MAJOR.
Peur ?.. eh bien, oui ! car il faut qu'il y ait de
la sorcellerie là-dessous... Adieu mes résolu-
tions, mes sermens... mes conseils à l'autre ancien !.. vous m'avez vaincu... terrassé... Je ne
sais si ce que j'éprouve est de l'amour, mais je
sens que désormais j'aimerais mieux mourir que
de vous perdre, et qu'il n'y a pas de pékin au
monde à qui je ne brûlasse la cervelle, s'il osait
me disputer votre main.

(Il tombe à ses pieds et saisit sa main qu'il couvre
de baisers.)

ENSEMBLE.

Air de Samson et Dalila.

LE MAJOR.	CLORINDE.
Dans mon cœur,	Dans son cœur,
Quel délire	Quel délire
De douleur,	De douleur,
De bonheur,	De bonheur !
Je soupire.	Il soupire.
Oui, pour toi,	Oui, pour moi,
Sous ta loi,	Sous ma loi,
Je veux vivre ;	Il veut vivre ;
Je me livre,	Il se livre,
A l'amour,	A l'amour,
Sans retour.	Sans retour.

LE MAJOR.
D'un sexe enchanteur,
Quoi ! j'avais horreur !
Crac ! en un moment...
Et puis, je tourne au sentiment.
Mais, répondez-moi ;
Acceptez ma foi ;
Un refus, d'abord,
Deviendra l'arrêt de ma mort.

CLORINDE.
Son désespoir me touche...
Qui l'aurait cru jamais !
Ce Major, si farouche,
Est pris dans mes filets.

(Entrent, en ce moment, le Colonel, sa sœur, Jenny, Émile et Marguerite ; puis Brick et l'Enflammé.)

LE MAJOR.
Eh bien ! Clorinde, pas de réponse ?

CLORINDE.
Et vos sermens ?

LE MAJOR.
Si je vous avais connu il y a vingt ans, il y a
vingt ans que je les aurais oubliés.

CLORINDE.
Et le Colonel ?

LE MAJOR.
Le Colonel me donnera raison, puisque je fais
comme lui.

CLORINDE.
Vous croyez ? c'est ce qui vous trompe.

SCÈNE XII.

LES MÊMES, Mme DE VERNON, LE COLONEL,
ÉMILE, JENNY, MARGUERITE, BRICK-
BRICK et L'ENFLAMMÉ.

(Tous narguent le Major et reprennent en chœur.)

Dans son cœur
Quel délire
De douleur.
De bonheur,

Il soupire,
Oui, pour elle, en ce jour,
Il veut vivre,
Il se livre
A l'amour,
Sans retour.

Mme DE VERNON.

Eh bien ! Clorinde a gagné son pari ; elle a magnifiquement joué son rôle.

LE MAJOR se relevant.

Son pari !.. son rôle !.. que veut dire ?..

LE COLONEL.

Que nous sommes deux vieux fous, qui ne valons pas mieux l'un que l'autre.

Mme DE VERNON.

Ah ! monsieur le Céladon grisonnant, vous vous moquez de nos projets de mariage ?.. J'avais consenti à céder la main de ma nièce à condition que Clorinde vous séduirait, en un mot vous rendrait...

LE COLONEL.

Aussi ridicule que moi... ça a bien été ! Pourtant je n'ai pas encore eu l'air aussi bête que toi...

Mme DE VERNON, au Major.

Ah ! ah ! ah ! ne m'en veuilliez pas de rire. Émile, ma fille est à vous.

LE COLONEL.

Émile, ma nièce est à toi.

ÉMILE.

Ah ! mon Colonel ! ah ! Madame, comment vous exprimer ma reconnaissance.

(Il baise la main de Jenny.)

BRICK-BRICK, à l'Enflammé qui veut prendre la taille de Marguerite.

Allons donc ! ne touchez pas à ça.

L'ENFLAMMÉ, à mi-voix.

Gamin !

LE MAJOR, à Clorinde, avec tristesse.

Ainsi, c'était un jeu, une gageure, c'était un rôle que vous jouiez !.. ces larmes d'enthousiasme que vous versiez... ces marques d'intérêt que vous témoigniez, tout cela n'était qu'une feinte ?.. Ah ! Mademoiselle ! c'est vrai, je dédaignais les femmes, je me moquais de leur légèreté... mais maintenant je les hais... je les abhorre !.. Clorinde, vous m'avez fait connaître votre sexe... merci !.. Si j'avais sous la main un pistolet d'arçon... je donnerais, de bon cœur, une leçon à ma cervelle, pour s'être laissée démentibuler.

LE COLONEL.

Allons, allons, mon ami, oublie toutes ces folies ; et quand nous serons vieux... tout-à-fait vieux, eh bien ! nous irons finir nos jours ensemble... tu sais bien nos petites conventions... Ah ! ah ! que tu avais l'air drôle tout à l'heure... Que c'est ridicule un vieux auprès d'une jeune fille ! regarde donc comme ce jeune couple est plus convenable.

CLORINDE.

Colonel... vous avez renoncé tout-à-fait à la main de Jenny ?

LE COLONEL.

Tout-à-fait.

CLORINDE.

Vous avez donné votre parole ?

LE COLONEL.

Je l'ai donnée...

CLORINDE.

Eh bien ! moi, je ne renonce pas au Major,

TOUS.

Hein ?

CLORINDE.

Non, saprelotte !.. et s'il le veut... Eh bien ! je suis sa femme dans huit jours, tout de suite, si c'est possible.

LE MAJOR, transporté.

Est-il vrai ?

LE COLONEL.

Ah ! mais, je ne veux pas de ça... je reprends ma nièce alors...

ÉMILE.

Colonel !   (Tous font un mouvement.)

L'ENFLAMMÉ, à Brick-Brick,

Les vétérans reprennent leurs droits.

BRICK-BRICK.

N' crions pas !..

CLORINDE, au Colonel.

Vous avez donné votre parole.

LE COLONEL.

C'est juste... mais, comment ? tu veux épouser le Major ?

CLORINDE.

Oui... (Attirant à elle le Colonel et le Major.) Quand vous serez retirés tous deux à votre campagne, qu'est-ce qui veillera sur vous, hein ? Qu'est-ce qui pensera à soigner ces nobles débris de la guerre ?... Eh bien ! ce sera moi ; oui, oui, je serai votre cantinière ; ça va-t-il ?..

LE MAJOR.

C'est un ange !.. Allons... Colonel... adopté ?

LE COLONEL, pressé de toutes parts.

Eh bien ! eh bien ! adopté.

TOUS.

A l'unanimité !

LE COLONEL.

C'est égal ; il n'y a que moi qui devais me marier... tout le monde épouse, excepté moi... Je suis peut-être le plus raisonnable.

VAUDEVILLE.

Air du Hussard de Felsheim.

LE COLONEL.

Tu te moquais de ma flamme,
A ton tour, mon pauvre ami.
En un clin-d'œil, une femme
A su te vaincre aujourd'hui.
De se croire raisonnable,
Tu le vois, on a grand tort.
Ne défions pas le Diable,
Il est toujours le plus fort.
A l'amour rendons-nous,
Car il est le maître à tous.

JENNY.

Je rends justice à la gloire ;
Oui certes l'on doit sentir,
Quand un gagne une victoire,
Battre son cœur de plaisir :
Cependant lorsque je pense,
A la sœur de charité,
Qui se voue à la souffrance...
Je bénis l'humanité.

Sentiment noble et doux,
Sois toujours le maître à tous.

LE MAJOR.

La trahison en Afrique
A fait souffrir nos soldats;
Mais, dans leur ardeur magique,
Tous demandent des combats.
Voyez, déjà l'on arbore,
Malgré d'horrible dangers,
Ce beau drapeau tricolore
Si fatal aux étrangers.
  Bédouins à genoux,
C'est encore le maître à tous.

ÉMILE.

Vivant, voyez le génie,
Percé de traits imposteurs,
Subir la rage impunie
De vils calomniateurs.
Il n'est plus... Chacun le nomme
L'honneur de l'humanité,
Et redit sur le grand homme
Ce cri partout répété :
  « A son nom, courbons-nous!
» C'était le grand maître à tous! »

BRICK-BRICK.

Autrefois par pied, par pouce,
On comptait tout bonnement,
Mais, dans ce temps de secousse,
Faut qu'il en soit autrement;
On prend un' nouvell' méthode
Qui nous caus' plus d'embarras;
On prétend qu' c'est plus commode,
Quoique l'on n' s'y r'connaiss' pas.
  Pour m'surer, v'là qu' chez nous
On nous donn' le mètre à tous.

CLORINDE, au public.

Moi, qui suis mauvaise tête,
J'avais promis à l'auteur,
La réussite complète
De sa pièce... mais j'ai peur.
Oui, je crains de vous déplaire,
Aussi je viens humblement,
Domptant mon humeur guerrière
Vous prier bien gentiment...
  Le public en courroux,
Ah! dam! c'est le maître à tous.

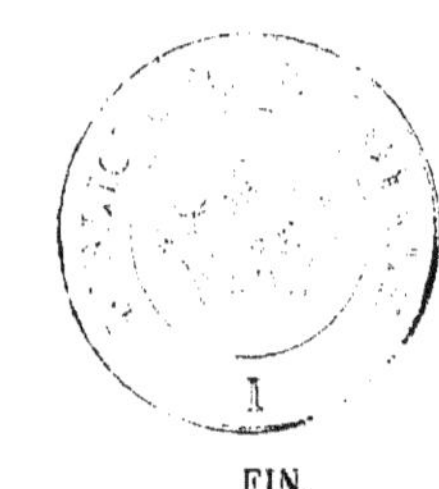

FIN.

NOTA. S'adresser, pour les airs nouveaux, à M. Adolphe Vaillard, chef d'orchestre des Folies-Dramatiques,
au théâtre.

Imprimerie de Madame Ve Lacombe, rue d'Enghien, 12.